鲁迅
文学奖
新疆
作家
文丛

沈苇

自选集

沙之书（1989～2024）

沈苇
著

新疆人民出版社
（新疆少数民族出版基地）

图书在版编目(CIP)数据

沈苇自选集：沙之书：1989-2024 / 沈苇著. 乌鲁木齐：新疆人民出版社(新疆少数民族出版基地)，2025. 6. --（鲁迅文学奖新疆作家文丛）. -- ISBN 978-7-228-21667-3

I. I227

中国国家版本馆CIP数据核字第20258JX964号

沈苇自选集·沙之书（1989～2024）

SHEN WEI ZIXUANJI·SHAZHISHU（1989～2024）

出 版 人	李翠玲	**策　　划**	罗卫华
出版统筹	陈　漠	**责任编辑**	陈　漠
装帧设计	姚亚龙	**责任校对**	热伊麦·阿布都吾甫
责任技术编辑	马凌珊		

出版发行	新疆人民出版社（新疆少数民族出版基地）
地　　址	乌鲁木齐市解放南路348号
邮　　编	830001
电　　话	0991-2825887（总编室）　0991-2837939（营销发行部）
制　　作	乌鲁木齐市向好文化传媒有限公司
印　　刷	河南瑞之光印刷股份有限公司

开　　本	787mm × 1092mm　1/16
印　　张	16.5
字　　数	300千字
版　　次	2025年6月第1版
印　　次	2025年6月第1次印刷
定　　价	78.00元

前　言

鲁迅文学奖是中国具有最高荣誉的文学奖之一,其设立旨在奖励优秀中篇小说、短篇小说、报告文学、诗歌、散文杂文、文学理论评论等的创作,推动中国文学事业繁荣发展。

1997年,首届鲁迅文学奖评奖,有两位新疆作家的作品获奖:周涛的《中华散文珍藏本·周涛卷》和沈苇的《在瞬间逗留》。新疆广袤的大地赋予作家丰富的创作灵感,如雨后春笋般,陆续有新疆作家(或在新疆工作、生活过的作家)获鲁迅文学奖:韩子勇(第二届)、刘亮程(第六届)、丰收(第七届)、李娟(第七届)、张者(第八届)、董夏青青(第八届)。他们犹如一颗颗璀璨明星,印证着这片土地蕴藏的无限创作潜能。

为了让广大读者感受新疆文学作品的蓬勃活力和多元魅力,我们推出"鲁迅文学奖新疆作家文丛",精选荣获鲁迅文学奖的新疆作家的代表作品。首批出版七部作品:《周涛自选集》《沈苇自选集·沙之书(1989~2024)》《韩子勇自选集》《刘亮程选本》《丰收自选集》《张者自选集·老风口》《董夏青青自选集》。

推出这套文丛是对优秀文学成果的致敬,更是对文化的传承与创新,我们坚信:经典的文学作品具有穿越时空的力量,能为读者提供深层的精神慰藉与思想启迪。

出版不是终点，而是新的起点——它是对未来的期许。愿这套文丛成为一颗种子，在读者心中播下对新疆的热爱；愿它成为一条纽带，将各民族的情感与心灵联结得更为紧密；愿它成为一支火炬，为更多人照亮文学前行之路。新疆是文学的风土，新疆题材的文学天地向所有热爱这片土地、怀揣创作热忱的人敞开怀抱。我们期待更多作家与文学爱好者，以多元视角、多样笔触讲述新疆故事，创作出更多思想精深、艺术精湛的优秀文学作品，在广阔的文学天地中绽放出璀璨光芒。

目　录

吃冰的人　001
一个地区　003
滋泥泉子　004
开都河畔与一只蚂蚁
共度一个下午　006
自　白　007
初　春　008
向　西　009
鼓。颂辞　011
楼　兰　014
沙漠的丰收　017
坠　落　018
乡村小景　019
欢　迎　020
新柔巴依　022
三个捡垃圾的女人　031
运往冬天　032
小 酒 馆　033
两个故乡　035
苏　醒　036
金色旅行　037
阳台上的女人　042
归　来　044
夜。孤寂　046
吐 峪 沟　047
沙漠，一个感悟　048
克制的，不克制的　049
占卜书(仿敦煌文书)　051
植 物 颂　053
美　人　055
雪　后　057
月亮的孩子　058
谦卑者留言　060
叶 尔 羌　061
罗 布 泊　063
楼兰美女　065
石榴树下　067
沙漠残章　069

谎　歌（仿哈萨克族歌谣）　071
一张名叫乌鲁木齐的床　074
将军戈壁　075
和布克赛尔诗篇　077
达浪坎的一头小毛驴　081
塔什库尔干　083
在奥依塔克冰上行走　085
红其拉甫的孩子　087
塔合曼新娘　089
大盘鸡店　091
那拉提山谷　093
博格达信札　095
闪闪发亮的正午　097
致克里娜·德贝纳　099
昭苏之夜　102
马蹄踏过天山　104
喀纳斯颂　105
鄯　善　119
斯文·赫定的垃圾堆　123
米　兰　125
洋　海　127
戈壁之旅　129
岑参过赤亭口　132
有所思，在和田　134
在夏特尕特牧场　136
一百米外的远方　137
细君公主　139
我已经遗忘　141
豆哥的早餐　143
蚂蚱协奏曲　145
夏塔：梯子　147
登雅玛里克山　151
异 乡 人　153
未被驯服的风景　155
刀郎巴亚宛　156
一 个 梦　158
漫长的灵魂出窍　160
住在山谷里的人　161
沙　163
疆　165
论 新 疆　167
塔城：俄罗斯人家　169
遗忘之冬　171
高速公路上的雾　172
晨　起　174
托 克 逊　176
冰山游移　178

死者从未离我们而去　180
雾　182
金山书院　183
为杏花而作　185
我为爱效过犬马之劳　187
火 车 记　188
安　详　190
亚 高 原　191
喀拉峻歌谣　193
在敬老院　195
吐尔逊大哥　197
和阗混蛋　199
大雪过后　201
为白杨而作　202
此　刻　204
去龟兹路上　206
火 焰 山　208
西 域 佛　210
在麦盖提　212
哈 巴 河　214
秋　日　216
羊头和摩天轮　218
玉米之上的玉米　220
他回来了　222
恰木克鲁克　224
硫 磺 沟　226
内 陆 河　227
旷野，或移景　229
察布查尔庭院　230
伊犁庭院　233
克拉玛依庭院　235
乌鲁木齐庭院　237
乌尔禾，一个梦　239
玛依塔柯，泥火山　241
丝绸之路　243
万物归于一粒沙　245
赋　予　246
大地的光和疼　248

我的两个“故乡”（代后记）　250

吃冰的人

吃冰的人戴一顶灰帽子
天空是辽阔的帽子

吃冰的人不关心冬天莅临
是骑着凛冽寒风
还是搭乘大朵雪花?

冰不是别的,冰就是冰
一种捧在掌心的迷人食物
阳光闪烁在特纳格尔
同样晶莹、迷人

往冰的内部久久凝视
他的目光变得清澈、透明
那里,解散了世上的
风暴与混沌,愁苦与昏昧

而在至冷之夜
无家可归的水分子
挤在瑶池一起取暖、做梦

透过冰,看见凌霄花盛开
黑衣女人骑白马往准噶尔去了
她的大眼睛,冻红的脸蛋
感动于北疆的一块冰

现在,他吃下了冰
身上固体的冰和液体的水
相互招呼、拥抱、会合……

1989年

注:特纳格尔是新疆阜康的蒙古语古称,意即"水草丰茂的山冈"。瑶池是天山天池的古称。阜康位于新疆中北部,地处天山东段北麓、准噶尔盆地南缘,是我1988年10月进疆后的第一站。

一个地区

太阳。玫瑰。火
眺望北冰洋,那片白色的蓝
那人傍依着梦:一个深不可测的地区
鸟,一只,两只,三只,飞过午后的睡眠

1990 年

滋泥泉子

在一个叫滋泥泉子的小地方
我走在落日里
一头饮水的毛驴抬头看了看我
我与收葵花的农民交谈
抽他们的莫合烟
他们高声说着土地和老婆
这时,夕阳转过身来,打量
红辣椒、黄泥小屋和屋内全部的生活
在滋泥泉子,即使阳光再严密些
也缝不好土墙上那么多的裂口
一天又一天的日子埋进泥里
滋养盐碱滩、几株小白杨
这使滋泥泉子突然生动起来
我是南方人,名叫沈苇
在滋泥泉子,没有人知道我的名字
这很好,这使我想起
另一些没有去过的地方

在滋泥泉子,我遵守法律

抱着一种隐隐约约的疼痛

礼貌地走在落日里

1990 年

开都河畔与一只蚂蚁共度一个下午

在开都河畔，我与一只蚂蚁共度了一个下午
这只小小的蚂蚁，有一个浑圆的肚子
扛着食物匆匆走在回家路上
它有健康的黑色，灵活而纤细的脚
与别处的蚂蚁没有什么区别

但是，有谁会注意一只蚂蚁的辛劳
当它活着，不会令任何人愉快
当它死去，没有最简单的葬礼
更不会影响整个宇宙的进程

我俯下身，与蚂蚁交谈
并且倾听它对世界的看法
这是开都河畔我与蚂蚁共度的一个下午
太阳向每个生灵公正地分配阳光

1992年

自　白

我从未想过像别人那样度过一生
学习他们的言谈、笑声
看着灵魂怎样被抽走
除非一位孩子，我愿意
用他的目光打量春天的花园
或者一只小鸟，我更愿
进入它火热的肉身，纵身蓝天

我看不见灰色天气中的人群
看不见汽车碾碎的玫瑰花的梦
我没有痛苦，没有抱怨
只感到星辰向我逼近
旷野的气息向我逼近
我正不可避免地成为自然的
一个小小的部分，一个移动的点
像蛇那样，在度过又一个冬天之后
蜕去耻辱和羞愧的皮壳

1992年

初　春

二月，银白的天空看上去有点肮脏
枝头小小的寂静在爆炸
道路在泥泞中挣扎、游动，奋不顾身
冰的骨头碎裂了，河水不是运走了苦难
而是运送它们去远方继续革命
当绿色如此肤浅而放肆地包围了大地
那深处土豆种子的嫩芽催促着
更深处黑暗王国的脚步
初春没有歌，我迎接的是什么
新的空气，新的爱情，还是新的厌倦
只有光，高大的光，赤裸的光
站在跟前，注视我们从噩梦中醒来

1993年

向　西

向西！一块红布、两盏灯笼带路
大玫瑰和向日葵起立迎接

向西！一群白羊从山顶滚落
如无辜的人儿来到世间

向西！脸上昼夜交替
一半冰，一半火，中间是咬紧的牙

向西！沙漠傍依天山
像两页残损的书简

向西！姑娘们骑上高高的白杨
留下美丽的尸骨，芬芳袭人

向西！坟茔的一只只乳房
瞄准行走、跌宕的风景

向西！众鸟高过大地
翅膀如金属叶片撒满山谷

向西！公马脱去皮肤、血液、骨头
留下一颗闪电的心脏，奔驰

向西！寒风吹向无助的灵魂
那姗姗来迟的援军名叫虚空

向西！孤身上路，日月从口袋掏出
像两只最亮的眼睛高高悬挂

向西！鼓点咚咚，持续到天明
赴死的死亡迎向蜃楼奇景

向西！昆仑诸神举起荒路巨子
啜饮他，并造就他

1994年

鼓。颂辞

1

在荒凉的西部,鼓声灿烂
催醒春天和夏天,使玫瑰开放
公牛雄壮,母牛奶水充沛

鼓声灿烂,村庄微颤
行人驻足,感动,落泪
葡萄架下的少女青涩、起舞

2

鼓:一个地区的心脏
向着世界的荒原深处呼唤
突围啊突围,日子在突围
美在突围,如羊群
尾巴着了火

它接受至高的派遣,俯身大地
将生的秘密洞察,一一点破

3

反穿兽皮的鼓。每一个鼓上
都有一个动物的亡魂
每一个鼓上,都有一个警觉的时代
它自成一体,并自圆其说
四周风景纷纷委身于它

一个微型广场,牺牲之花怒放
一明一暗两张面孔,冰火交加
逼向绝境,逼向起死回生之路

4

它被沙尘击打,独自迎向
星光黯淡的午夜
对世界有所侦察,略知一二

它滚向人群,吃掉天才鼓手
发疯,爆炸,精疲力竭
如一件用过的祭品,埋进沙漠

5

鼓之上,赤足披发的精灵在舞蹈
奋力一跃,迎向空中繁星

鼓之上，夜闪开
为黎明让路

1994年

楼　兰

1

丝绸之路:阳光劈开的石榴
颗颗飞翔的心脏埋入黄沙
心脏要开花——

是思念与想象之花开向荒漠甘泉
活着是湿润的,而死去的文字爬满楼兰
在布片和断木上干枯地安息
头骨的酒杯,仍在风中传递

泥塔高筑。一个器物中时光难辨
三只奶羊围向红柳的摇篮
摇篮里美丽的弃婴,名叫楼兰

2

坐在荒野,星光和月光低声嘀咕
青杨的守卫,黄羊的凝望
盐泽的反光照见高头大马

灯盏亮了，罗布泊的大路通四方
楼兰的火，楼兰的粮
楼兰美酒迎远客，一路风尘到雅丹

雅丹的城啊，敞开的蜃楼
国王的灯盏抱怀中，释子的火种撒边疆
高高祭台下，七个女儿舞蹈到天亮

3

鼓声咚咚沐浴朝露的楼兰
黑发披身双眸明亮的楼兰
兽裘为衣天鹅为伍的楼兰
头枕白雪脚踩黄沙的楼兰
天使飞临赠予双翼的楼兰
策马奔走驰骋荒原的楼兰
人烟断绝逃出楼兰的楼兰

4

楼兰的玫瑰开了
楼兰的天空亮了
楼兰的葡萄酿美酒
楼兰的女儿要出嫁

楼兰的玫瑰开了
楼兰的天空亮了

楼兰的庭院铺大麦
楼兰的女儿摘葵花

楼兰的玫瑰开了
楼兰的天空亮了
楼兰的沙土埋尸骨
楼兰的女儿登天堂

5

帛道漫长。一个飞翔的名词将我们击中
升起的头颅,炽烈的目光
血液和心脏,向着楼兰的方向

黄昏沉落,灭顶的狂欢在逃亡
沙从天空倾泻而下,覆盖了楼兰
楼兰楼兰,你正隐身于哪一个时空
向着我们神秘地微笑?

破碎的花瓶,散开的木简,被风带走
挽歌之手抚摸楼兰的荒凉
哦,楼兰,思念与想象能否将你复活?
楼兰楼兰,难道你只是一个幻影
一声废墟中的轻叹?

1996年

沙漠的丰收

雨水落进了沙漠
阳光落进了沙漠
大雪落进了沙漠，一年尽了
春夏秋冬，时间的四只鞋子
穿旧了，落进了沙漠

飞鸟落进了沙漠
云朵落进了沙漠
空酒杯落进了沙漠，盛宴散了
一本天书，被众神读完了
散开，落进了沙漠

是寂静落进了寂静，发出一点
轻微的响声，像大地最后的叹息

1996年

坠　落

一个厌世者，在九层住宅的楼顶
选择了坠落——
第九层，一个老头被牙痛折磨得死去活来
第八层，烟雾缭绕，一桌人昏天黑搓麻将
第七层，一对情人在摇滚乐中相亲相爱
第六层，秃顶的暴发户呵斥农场来的小保姆
第五层，小媳妇抹口红，忽然神秘一笑
第四层，厨房飘香，美酒摆好，客人将至
第三层，主人不在，小猫饿得喵喵乱叫
第二层，摇篮曲，满月的婴儿睡着了
第一层，书房里，诗人苦思冥想着“生”……

一个厌世者，在落地的一瞬间
没有人看见他，世界也没有什么变化
水泥地上，如同一朵鲜花的突然盛开
惊起一些尘埃、几只觅食的鸽子

1997 年

乡村小景

在橙黄色懒洋洋的阳光中
瓜果熟了,向日葵打着盹儿
麦子已经收割,运往古老的粮仓
旷野上,电线发出"咝咝"的叫声
光阴的刀子在切割,使铜丝裸露
像肉感而易腐的内脏
鸟飞得很低,带着空旷的倦意
翅膀在阳光中闪耀
渐渐消融,仿佛是蜡做的……

1997年

欢　迎

我欢迎风
吹走尘土，清洁我的路
我欢迎雨水
我已准备好一小块地、几把麦种
我欢迎日出
金色的犁轻轻划过我身体
使我疼痛并且喜悦
作为一名黄昏爱好者，我欢迎
紧接着到来的夜晚
它使我身心自由，充满想象
成为陌生而吃惊的另一个
我欢迎爱情
因为最好的诗篇属于女性的耳朵
但新的爱情要向旧的爱情致歉
我欢迎四季，特别是冬天
思想在寒冷中结晶
灵魂在受难中坚硬

我欢迎大海上漂来的帆
（它来自一个人的童年）
虽然落日孤烟的大漠才是最后的栖息地
我欢迎全部的命运
这神奇的不可捉摸的命运
这忙碌的永不停息的命运
像水蛭，我牢牢吸住它的身体
直到把它变成自己的一部分
哦，我欢迎我的一生
这残缺中渐渐到来的圆满

1997年

新柔巴依

1

醒来吧！黎明的大幕徐徐拉开
黑夜不是撤退了，而是已为白昼殉葬
是谁派遣了太阳的孤旅？光芒之箭
射中天山之峰：一顶西域的皇冠

2

大玫瑰和向日葵下，亚洲的心脏
跳动如新生的处子，如不倦的羯鼓
丝绸之路，一条穿越时空的长线
连接着死去的心和活着的心

3

火车向西行驶，像在抒写一部长篇
辽阔是它的页码，荒凉是它的文字
向着腹地：古道、西风、瘦马
黄沙起伏如喘息，如末日之海

4

是路途的火焰还是血液中的风暴
率领我们进入一个灵魂自治区
灵魂是失乐园的蛇,匍匐而行
在自我放逐中抵达另一个故乡

5

每一天都是崭新的开始,请注意
云中鹤的歌唱,请听万物体内的马达声
永恒的旋律自草木鸟兽唇间吐出
即使我们不在现场,世界照样继续

6

鼓声来自绿洲的村庄,饱含热情与忧伤
高一声低一声,仿佛大地的咚咚心跳
白杨与胡杨:一群坚守岗位的哨兵
黄沙包围的绿洲是一块惊人的翡翠

7

沙漠涌向冰山上孤傲的雪莲花
飞禽与走兽守护深山中的珍宝,以及
无人见识的美。假如秘密的圭臬仍然存在
“芝麻开门”的钥匙是否依然有用

8

古道湮没，楼兰的蜃景灿烂一现
香喷喷的妃子何时告别了喀什噶尔
天鹅成群结队，回到美丽的巴音郭楞
它们去过的世界我一无所知，一无所见

9

干旱，灵魂的干旱陪伴着肉体的疼痛
一千年的麦粒等待发芽，三千岁的胡杨
流下硕大的泪滴。风沙四起又归于平静
一次又一次，锋刃与经籍碰撞出火花

10

现状需要改变，而奇迹必须诞生
炼金术的火焰高过契丹的塔楼
萨满的狂舞迎向刀梯，召唤神灵
掀起盖头迎娶新娘的是俊美的男子

11

偶尔，雨水进入边疆，又肥又大的几滴
从天空跳下，转瞬就消失得无影无踪
盛装的葡萄树下，行人驻足眺望
而毛驴眼中满是谦卑、恭顺的目光

12

清风和泉水来自天山,正午的热血
流过我全身,内在的矛盾放下各自的干戈
是我们改变了事物还是事物改变了我们?
为了再次诞生,世界爬进另一个世界

13

赞美天山女儿! 高高的婚床铺满
和阗玫瑰,火浣布的婚纱披身
目光清澈如水,抚慰游子向西的凄惶
指尖流淌温暖和爱意,要在异乡建设故乡

14

群山上升,宁静的湖泊好像蓝色的睡眠
使低处的梦倒映高处的梦。当树叶的金币
齐声叮当作响,鸟儿的歌唱也汇入了天籁
白云追逐着白云,谁在吞食大团大团的阳光?

15

风中摇曳的罂粟,植物之火,我的姐妹
阳光堆积的大地是我们共同的母亲
我抓住天体的竖琴,爱的光芒刹那间
将我笼罩,使我成为战栗不已的一株

16

沉醉的时刻，迷狂的时刻，爱推动
众人的车辇，也旋转这孤独的星球
从窗口向外看，爱着的人比他自身强大
被爱的事物也与往日有所不同

17

我愿意将我的心脏安放远方，在寂寞中
歌唱未来。在那里，我要揭开大地的皮肤
让荒原覆盖我全身。说："一切，我要！"
太阳俯下身，像王者垂青于我的作为

18

飞鸟的正午，太阳滚进九个村庄
黄塔碧寺，琉璃反光，感恩的颂辞
来自泥土中的嘴巴。时候到了，启示近了
卑微低矮的事物接纳了至高的景象

19

粉红椋鸟带来丝路花雨和金色羊毛的一天
马驹银白，背上驮着阳光明晃晃的刀子
向着牺牲之鼓，公牛上路了，尾巴佩戴
燃烧的火焰。——多少头颅与太阳齐飞！

20

冬去春来,草坡绿了,白羊上山
牧人迁徙配合四季变换,而蝗虫的大军
紧随身后。啊! 人生好比一顶帐篷
何处为我们准备了永久的居室?

21

更多的人置身现实如入梦幻之境
四周的虚空环绕他们,像果肉包围着果核
他们是隔夜的梦想家、宿命的旅人
在头脑中漫游世界,在掌纹中走尽人生

22

从宇宙阳台往下看,死者与生者平起平坐
一次,在炎热的吐鲁番,我们去参观博物馆
我对木乃伊少女说:“醒醒!”一旦她醒来
整个消失的过去都将高大地站在眼前

23

四季的流水账。死者的奢华超过了
生者的盛宴,那是昔日歌谣、古老安魂曲
是流逝的一切安排了未来。向死而生啊
向着死亡的还乡,要用一生的努力才能到达

24

风中的头发乱了，手里的黄沙四散
心脏的一只只气球，被风吹上山去——
滚动啊，向着山顶和山顶之上的天空
离永恒，总差那么一步、那么一点点！

25

斯世何世？这仍是青春少年的大地吗？
热血微微高于头颅，眼睛好像日月摘下
双手扶起盛大风景，摇醒边地山河
他们奔跑，要带动周围的一切都奔跑起来

26

典雅的孕妇从无花果树下走过
果实熟了，天空低了，身体亮了
是提醒更是催促，那风、尘埃、云彩
在一个巨大子宫里，纷纷加快了脚步

27

世界尚未诞生，却指向敞开的旷野
在时间中人们随波逐流，寻找自己的故乡
怀着希望，一个时代梦想着另一个时代
就像父母冲着儿女们喊："未来！未来！"

28

全部的未来是现在,是园中葡萄的成熟
和缓缓发酵,灵魂因努力渗出美酒的芳香
天堂和地狱一起下降,像大鸟来临
饥饿的嘴巴落向人间盛宴和悲伤

29

一切都在结合:风与尘,沙与金
草与木,山与壑,光与影,梦与真
高歌与低吟,飞翔与沉沦,伤痛与抚慰……
天赐的姻缘铺天盖地,笼罩万事万物

30

天空蔚蓝,好像我们的大地
大地荒凉,我们在这里继续
鞋底磨破了,看上去十分忧伤
向上的路和向下的路要合而为一

31

时间中的旅人,命运的传播者,记得
每一个持续的瞬间,丰盈高过了贫乏
意义从无意中升起。所以他心怀感激
将诅咒变成葡萄园,将苦吟变成欢愉

32

从天山到昆仑,永不停息的是沙漠的浪涛
是大鸟的飞翔和新夸父的逐日运动
渺小的爱和伟大的爱展开疾飞的翅膀
让落日的圆满下降,请明月的福祉上升!

1998年

三个捡垃圾的女人

边城，黎明时分她们出现
蒙蒙天色，正好遮掩外地口音

三个人，每人背一只编织袋
比身体足足大一倍
里面装着纸板箱、旧报纸、破皮鞋
几只干瘪的苹果
一小包虫蛀过的大米

她们低声地说笑
目光躲闪着投向地面
因为这里不是她们的家乡
贫穷的家乡也是家乡啊

在妇联大院，年长的一位
捡到一枚漂亮的发卡
将它别在
最小一个的头上

1998年

运往冬天

送走金银花之夏,安置好紫葡萄秋季
我们运送一些紧急物资去冬天——
十卡车面粉,十卡车土豆
十卡车大葱,十卡车盐巴
十卡车煤炭木柴
十卡车牛头羊骨
十卡车歌舞
十卡车烈酒
十卡车婴儿的泪水去加工钻石
十卡车老人的叹息去做成棉被
……还有,路上捡到的一句话——
“要有一种疯狂去点燃远方。”
或者
“必须爱上寒风的刀和鞭!”

1998 年

小 酒 馆

苦命人在酒精中旅行
昏黄的电灯,瘸腿的凳子
还有老板娘油渍斑斑的围裙
都是好的,都是温暖
一个羊头摆在桌上
吃得一干二净,露出骨头、牙
酒瓶空了好几个,撂翻
苦命人在酒精中旅行
划拳,叫喊,或长时间闷坐
已分不清南北西东
看出去的世界恢复了一点暖意
又可以去拥抱一下了
苦命人干脆唱起欢乐的歌
胸腔里,喉咙里
有轰响的泥泞、熊熊的火
这是男人们的豪情在迸发
惊颤旷野的死寂、寒星的死梦

……他们的马静静地等在雪地里

打着响鼻，侧耳在听

仿佛在夜色里会心微笑

1998年

两个故乡

当我出生时,故乡是一座坟墓
阳光和田野合伙要把我埋葬
于是我用哭声抗议
于是我成长,背井离乡,浪迹天涯
我见过沙漠、雪峰,女人和羔羊
现在我老了,头白了
我回来了——又回到故乡——
——流水中突然静止的摇篮

1999年

苏　醒

太久地沉湎于自己
一只云雀提醒我的孤陋无知
让我闻一闻嫩草的气息
摸一摸婴儿的笑脸吧
人们脱下厚厚的冬衣
小口饮用阳光的甜橙汁
这些融雪后尘土飞扬的街巷
店铺,烤肉摊,各色香料
马车载来一群年轻的乡村鼓手
他们四溢的激情,火热的目光……
我要扑向他们的旋律
追随他们歌中的骏马、勇士
要拆除一身的墙、瓦、门、窗
我站立的地方变得丰盛广大
世界是我苏醒的身体的一部分

2000年

金色旅行

1

北风越过阿尔泰山,将羊群驱向旷野
正当戈壁石发黑、变硬,芨芨草长发飘扬
羊群缓缓移动,如古老言辞的漫漫长旅
蓝天下杂乱的一群,踩踏惊悸的尘土

2

史诗的北疆,也许已翻到结束一页
夏日自林中撤退,吐尽最后一口热气
看那白杨的鹅毛笔,用完绿墨水
成排插入大地,使疼痛从肌肤传向深处

3

新的一页,疼痛是未来的经典
是骑手的箭射向无垠的疆域
是写者的苦修,刀梯上一个萨满的跋涉
是北风的劲头和太阳的慷慨使金色分娩

4

金色！金色统治准噶尔盆地

挺拔的白杨群落，沧桑的胡杨群落

还有隐居群山的白桦部落

在金色中团结一致。——金色是秋天的加冕

5

当树叶叮当作响，是黄金在树上舞蹈

命令我沉默。——色彩征服了声音

生命在林中惊讶、眩晕，无数个凡·高疯狂

无数幅油画挥霍铺天盖地的金黄

6

落叶缤纷，凋零前的奋力一搏

聚集并升起光芒四射的树冠——

一个透明的头颅转动大师的智慧

转动经验，洞察，对时光的挑战

7

北屯，屯聚着多少落叶，多少光阴

多少大麦与小麦的种子，多少燥土

多少牛羊的尸骸，多少骏马的长啸

多少过错，多少对明天的隐约冲动

8

额尔齐斯河，水的长调之路，穿过内心
奔向遥远的北冰洋，像一支蒙古长调
使五彩卵石拥有统一的忧郁表情
天凉了，水慢了，水用冰建设自己的骨骼

9

乌尔禾风城，虚无的珍藏，一个干旱的
时间源头，寂静在眺望，在龟裂、疼痛
与风的雕刻大师同步工作的
是一条蜥蜴、一只蚂蚁渺小的努力

10

在努力！乌伦古湖波涛一望无垠
幽深的蓝频频挽留天空奔驰的云
鸥鸟侧身飞翔，翅膀一闪，遁入另一空间
一尾西伯利亚花鳅，穷尽着广大的水域

11

当湖水干涸，像头盖骨的酒杯遗弃荒原
被时光的贪婪一口一口饮尽
隐匿的神，朣朦的神，要在哪个纪元
再次斟上浅浅一杯、吝啬几滴？

12

在现代旅途,如在成吉思汗古道
一颗征服的心,几种归顺的事物
一幅幅离去的风景是一点点送走的
逝者的命,是灵魂中朵朵剥落的花瓣

13

车外掠过盐碱的黄昏,铜锈石的黄昏
枯草与红柳丛的黄昏,一个部族的孤独
不为世界觉察。孤独早已写在书上:
“除了影子没有亲人,除了尾巴没有鞭子。”

14

向下,一只白肩雕滑翔,似血残阳
在瞳仁里汹涌,燃烧起俯瞰的洞察力
它,时光的驯兽师,来自天空的培养
一双利爪,突然抓住大地的苍凉

15

沙洞里的鼹鼠,陋室的冥想家
让自己静止,使世界运动:晚风经过——
牧草的芬芳经过,一匹灰狼的脚步经过——
它的皮毛、牙齿、瞎眼,是彻头彻尾的忍耐

16

青河的哈萨克族三姐妹，傍晚时分
推着一车枯柴过河，寒露抓住了裙裾
灵兽般的眼睛闪烁，毡房升起炊烟
正好用来安放她们的羞涩和顺从

17

当天光暗淡，环绕准噶尔盆地，几个地名
开始闪亮：阿勒泰、福海、富蕴、青河……
啊！散落的珠玑，远去的边地家园
我要用一根金丝线将它们串联

18

我携带鸟巢，树上家宅，一座空城
众鸟的羽毛在四个方向飘零
暖圈垒筑，暮色中归来一个朦胧的
剪影：羊群，驼队，牧人的全部家当

19

"骆驼，走动的雅丹地貌！"她靠近我
感到了一点命运中的荒芜与颠簸
月光下的卡拉麦里，一只跳跃的黄羊
我的心被带走，在金色北疆，永远地旅行……

2000年

阳台上的女人

在干旱的阳台上，她种了几盆沙漠植物
她的美可能是有毒的，如同一株罂粟
但没有长出刺，更不会伤害一个路人
有几秒钟，我爱上了她
包括她脸上的倦容，她身后可能的男人和孩子
并不比一个浪子或酒鬼爱得热烈、持久
这个无名无姓的女人，被阳台虚构着
因为抽象，她属于看到她的任何一个人
她分送自己：一个眼神，一个拢发的动作
弯腰提起丝袜的姿势，迅速被空气蒸发
似乎发生在现实之外，与此情此景无关
只要我的手指能抚触到她内心的一点疼痛
我就轰响着全力向她推进
然而她的孤寂是一座坚不可摧的城堡
她的身体密闭着万种柔情
她的呼吸应和着远方、地平线、日落日升
莫非她仅仅是我胡思乱想中的一个闪念？

但我分明看见了她，这个阳台上的女人
还有那些奇异、野蛮的沙漠植物
她的性感，像吊兰垂挂下来，触及了地面
她的乳房，像两头小鹿，翻过栏杆
她的错误可以忽略不计
她的堕落拥有一架升天的木梯
她沉静无语，不发出一点鸟雀的叽喳
正在生活温暖的巢窝专心孵蛋
或者屏住呼吸和心跳，准备展翅去飞

2001年

归　来

走在冻得发硬的雪地上
我牵着女儿的小手
从幼儿园带她回家
绒帽下她的小脸蛋冻得通红
鞋底发出咔嚓咔嚓的响声
我的沉闷,她的清脆
呼应着,像是在对话
有人碰了碰我们身体,走远了
女儿摇摇我,忽然开口:
“我们班毛毛的爷爷死了……”
“病的吧?”
“不是,是太老了。
她奶奶也很老很老了,也快死了,
毛毛喂她饭,她也不吃……”
我攥紧她的小手
似乎怕她丢了
天色很快暗了下来

街上更多的人碰到我们的身体
在冻得发硬的雪地上滑行
仿佛安上了看不见的翅膀
女儿突然停下来,坚决地说:
“爸爸,我不想长大了!”
“为什么?”
“我长大了,你就老了,
然后就……”
我紧紧抓住她的小手
发现她也将我抓得很紧
由于小脑袋努力地思考
手掌心冒着细汗,像是一块温玉
我摸摸她的小脸,拉过她
带着她,走得快了些

2001年

夜。孤寂

走在深夜的街上
我在心里对自己说:“生命就是孤寂。
爱是孤寂,愤怒和悲伤也是孤寂……”
夜是孤寂——悄无声息的孤寂
夜只是呈现,放弃了徒劳的表达
用隐秘的嘴和星光的牙
囫囵吞下我
一个叫嚷着孤寂的可怜虫
——夜在今夜吞下半个地球的可怜虫

2002年

吐 峪 沟

峡谷中的村庄。山坡上是一片墓地
村庄一年年缩小,墓地一天天变大
村庄在低处,在浓荫中
墓地在高处,在烈日下
村民们在葡萄园中采摘、忙碌
当他们抬头时,就从死者那里获得
俯视自己的一个角度,一双眼睛

2003年

沙漠，一个感悟

沙漠像海:一个升起的屋顶
塞人、蒙古人、吐火罗人
曾站在那里,眺望天空

如今,它是一个文明的大墓地
在地底,枯骨与枯骨相互纠缠着
当他们需要亲吻时
必须吹去不存在的嘴唇上的沙子

风沙一如从前,吞噬着城镇、村庄
但天空,依然蓝得深不可测

我突然厌倦了做地域性的二道贩子

2003 年

克制的，不克制的

在沉寂和安详中度过一些时日之后
在游历了沙漠并拥有一张沙漠的床榻之后——

你是一座干燥的四面漏风的葡萄晾房
而心依然挂在体外，任凭风吹日晒
像一件苦行僧的袈裟，破烂不堪
会的，会有一件新的袈裟，一颗新的心
这是你向尘世最后的乞讨
这是时光屈辱的奖赏

你感到存在一个可能的边境
一座中国长城，一堵耶路撒冷西墙
墙——
泪水浮起石头、砖块，像浮起轻盈的羽毛
一个可能的边境也可能是不存在的

像夜，漫无边际地荡漾开去

夜是液体的，在头盖骨的酒杯中晃动
闪烁着往昔岁月幽微的磷光
…………

2003年

占卜书(仿敦煌文书)

1

人说,我是白花斑隼
来自一张毁掉的花毯
丢了婚戒,羽毛也掉了一半
我卧在香树上高兴
……你们要这样知道

2

人说,老太婆梦见红发暴君
在沙漠边养一百只黑猫为伴
她的屋顶被风掀掉了
她的馕吃完了
她留在家里,舔油勺子的边
活了下来,脱离了死亡
……你们要这样知道

3

人说,我是伸懒腰的老虎
我的头在荆棘丛,斑纹在光焰里

我打着哈欠，得了点伤风感冒
但我英武，勇敢，色彩斑斓
犹如火焰的雕像，黄金的灰烬
……你们要这样知道

4

人说，天上有雾，地下有土
小鸟飞着飞着，迷了路
孩子走着走着，丢失了
他的母亲哭瞎了一只眼
老天保佑！第七年又在喀什噶尔相见了
他带回一位撒马尔罕的新娘
大家看了都高兴，都哭
就喝穆塞莱斯，围着一堆火跳舞
……你们要这样知道

2003年

植 物 颂

我与许多植物交谈过
用本能的好奇和无言的静默

荨麻将痛感保留在我身上
一个小时,两个小时……
并非出于伤害,更接近一种善

熟透的葡萄往我脸上喷射汁液
像是吐了一口唾沫

当我在桦林中行走,看到了人的眼睛
一个王国男女老少睁大的眼睛
集体性放大着惊讶和惶恐

旷野上,成排的白杨像鹅毛笔插入大地
这里有足够的墨水用来挥霍、痛哭
但它们暂停了对时间的控诉

时常,我感到植物的根扎入我内心
当我向它们靠近,就变成它们脚下的土

我更愿意写写那些顽强的荒漠植物:
胡杨、红柳、梭梭、沙枣……
我柔软湿润的内心配不上对它们的赞颂

它们在静止中走了很多路
它们是从死亡那边移植过来的
享用着干旱和荒凉
一场尘暴令它们舞蹈、狂欢
太多的水会将它们渴死

2003年

美　人

香獐子窃取她秀发的芬芳，

在于阗酿成麝香。

——鲁提菲：《格则勒》

她配做一名时光的妃子
在时光熄灭之后，她仍是一轮明月
她睫毛浓密的甜蜜眼睛，像深潭
淹死过几个朝代的汗王、乐师和小丑
为了她脸颊上的一颗美人痣
多少人神魂颠倒，掏出烧毁的心

像野生的精灵，她散发膻腥
这是羊奶和驼奶造成的
要把她放在玫瑰花液里浸泡三次
要把她种植到旷野上去，在尘土中开放
她只是一株无辜的迎风招展的沙枣树
那好闻的芳香总是令人感到头晕

她的芳名像一首木卡姆在人间传播
每个人用自己的梦想和欲望将她塑造
然而这一切与她无关,更像一场误会
她依然是一位牧羊女,一个樵夫的女儿
没有人知道她内心的隐秘,她乳房的疼痛
没有人能进入她日复一日的孤寂和忧伤

她的美带点毒,容易使人上瘾
她是柔软无力的,在风暴的争夺中哭泣
一束强光暴徒般进入她身体,使她受孕
她抵抗着,除了美,不拥有别的武器
美是她的面具,她感到痛苦无望的是
她戴着它,一辈子都摘不下来

2003年

雪　后

一切都静寂了
原野闪闪发光,仿佛是对流逝的原谅

一匹白马,陷在积雪中
它有梦的造型和水晶的透明

时光的一次停顿。多么洁白的大地的裹尸布!
只有鸟儿,铅弹一样嗖嗖地飞

死也是安宁的,只有歌声贴着大地
在低声赞美一位死去的好农夫

原野闪闪发光。在眩晕和战栗中
一株白桦树正用人的目光向我凝望

在它开口之前,在它交出体内的余温之前
泪水,突然溢满了我的双眼

2003年

月亮的孩子

每次你从月亮上回来
总轻声告诉我：
“我只是去了一会儿街边的花坛，
那里，一只小虫子正在孤零零死去……”
你叫愣神，我叫发呆
仿佛天生的一对
可以插翅离开这个世界
但你轻盈，比一朵云还要轻盈
在天空，比我流浪得更远
不像我，已被大地的气息囚禁
被命运种植在旷野深处
当你在我眼前出现，身上滴着夜露
你一定是刚从月亮上回来
所以不用跟我谈论
花的凋零和风的戕害
秋深了，你眼中的蓝在加倍努力
寒意抓住你燃烧的裙裾

即使你离我再远

即使月亮和桂树死去

我仍能闻到你唇间的桂花香味

2003年

谦卑者留言

1

一座森林存在于一粒松子中
一块岩石接纳了起伏的群山
一朵浪花打开腥味的大海
我在人间漫不经心地游荡
一颗尘埃突然占有了我

2

如果我有一千双眼睛
并不能看到更加广阔的世界
因此一双眼睛必然是足够的
如果我有一百条腿
并不能抵达更多的远方
因此两条腿必然是足够的
如果我有十个人生
并不意味着十倍的节约
因此一个人生必然是足够的

2003年

叶尔羌

在贫乏的日子里他写下一行诗
最好是两行，搀扶他衰老的智慧
再向前迈出踉跄的一步
使结冰的情欲，再次长出炽热的翅

他吟咏玫瑰、明月、土陶、美酒
将破碎的意象，重塑为一个整体
鲁米，他的导师
一个萨巴依歌手，他走散的兄弟
享乐与忧伤，行动与虚无
一再点燃他的青春主题

在叶尔羌花园
他写下——
“心里装满忧伤的人是多么孤独啊，
他最终会死在爱的火山间。
曾有人死在姑娘的两条辫子上，
也可能死在诗人的两行文字间。”

一再失去的
是他取自琴弦的旋律和韵脚
一再失去的,是他在丝绸与道路
美玉与躯体间寻找的比喻
还有他在麦盖提爱过的樵夫的女儿
落日余晖抹杀她的荒原野性
她的美貌,如今是
不可揣度的禁忌和谜语

十六世纪快过去了
天空蓝得像是镶嵌了琉璃
岁月疯长的荆棘逼他写下心平气和的诗
如果诗歌之爱
不能唤醒又一个轰响的春天
他情愿死在
叶尔羌一片薄荷的阴影下

2005 年

罗布泊

游移的湖——
被大沙漠和孔雀河控制的命运
它的暧昧，它的闪烁

沙漠中的一滴，曾包容海
包容瀚海的辽阔、壮美
一个珍稀的词，在凋零之前
占有水的反光，盐的反光

游移的湖——
它的波澜，它的长叹
它的水面曾倒映伟大的楼兰
那消失的一滴却不再回来
罗布泊在死去
移居一个垂危的词中
——一具词的空壳

它的死亡

是道路、城池、驿站在死去

是胡杨、芦苇、果园、麦田在死去

是死去的沙漠再死一次！

是时光的一部分、我们的一部分

在——死——去——

游移的湖——

不再游移，不再起伏、荡漾

沙漠深处的走投无路

大荒中的绝域

留下一只沧桑、干涸的耳郭

——我们倾听的耳朵也可以关闭了

2005年

楼兰美女

死亡是一种隐私
我们却将她公布于众
死亡是一种尊严
我们却在她身边溜达
嘀嘀咕咕,指指点点

如果我能代表盗墓贼
考古队员和博物馆
那么,我将请求她的原谅
原谅人类这点
胆怯而悲哀的好奇心

我无法揣度她的美貌
也不能说,她仅仅是一具木乃伊
如果我有一辆奇幻马车
就将她送回沙漠,送回罗布泊
在塔克拉玛干这个伟大的墓地
让她安息,再也不受

人类的惊扰和冒犯

死亡是她的故乡,她的栖息地
我们岂能让她死后流落他乡?
岂能让美丽的亡灵继续受苦?

她的无言就是告白
她的微笑使我敬畏
因为我知道,她精通死
胜过我们理解生

2005年

石榴树下

在石榴树下，吃完一个馕
就着南疆流蜜的甜瓜

盛夏。石榴花火焰
在高于头顶的地方绽放
混合正午的阳光粒子
涌动起伏，拍打低垂的天空

躺在石榴树下，多么清凉
我感到了一点独处的幸福
阳光和尘埃打在树干、枝叶间
发出轻微的沙沙声
仿佛是什么在提醒：
逝去的好时光正悄然重临……

失去的一切又回来了
在茂密的枝叶间闪烁
突然垂挂下

一颗颗沉甸甸的

红石榴

2005

沙漠残章

在沙漠大本营，绕过游移的湖

在戈壁荒滩，吻拜一块石头
吻拜它柔弱哭泣的部分
还有它粉身碎骨的念想
禁锢的兽，胎死腹中的玉

在湮没的古道，遇到我的前世：
牧羊人，骆驼客，或丝路邮差
我娶过她，羞涩的绿洲女子
从楼兰到鄯善，没有一朵奇花
比得上她脸颊上的一颗美人痣

在沙漠深处，我的陶罐碎了
当我失去最后一滴珍稀之水
木乃伊的舞蹈将我卷入漩涡
——不是我期待中的大融合
而是一场沙尘暴的大混沌

在一张残损的桦皮纸上
遇到箴言、契约、楼兰的森林法
命令纸张、桌椅、家具回到森林
命令森林回到一片伟大的纯风景

在启示的旷野，追逐命运流放的风滚草

在凋零的文字和枯死的胡杨之间
要入木三分，掘地三尺
现在，我为我野蛮的探险装上金刚钻

2005年

谎　歌（仿哈萨克族歌谣）

1

骑着旱獭去漫游
剥了张蚊子皮做大衣
领着沙狐、野兔去戈壁滩
玩七天七夜，我回来了

2

夜里喝醉酒，走路腾云驾雾
一不小心将月亮撞了个缺口
要用奶皮子把缺口补好
才能安心去睡觉

3

火鼠在火中叫冷
水鸟在水里喊渴
葡萄吊死在葡萄树上
嘴唇凋零在百花丛中

4

好年景啊,冰湖上牧羊
沙漠里种麦,雪地里栽瓜
塔尔巴哈台的奶酪堆成山
伊犁河谷的蜂蜜流成河

5

高山上开的花儿美
牛粪火烤出的馕饼香
冰块当炭,越烧越旺
泉水点灯,毡房亮堂

6

旷野上铺餐布
一千人吃不完一个烤包子
阿肯家设宴
一个人吃掉九只烤全羊

7

阿吾勒的集市热闹
村庄里的男女倾巢
卖掉黑夜,运回一车晨雾
卖掉一个老魔鬼,换回几个小妖精

8

乌鸦聒噪,唱歌三天三夜

喉咙里飞出破嗓子

云雀只唱一句,醉倒一对男女

骨碌骨碌滚下山

9

一匹马跑得太快

甩掉一道追命的闪电

一个人死得太慢

胡子长成拖把游走草原……

2005年

一张名叫乌鲁木齐的床

一张名叫乌鲁木齐的床
那位白发苍苍的保姆:博格达峰
至今认为,在床上睡去、醒来的
仍是“美丽牧场”时期的羊群

像羊群,人们游移闪烁的梦境
隔着一座绵延千里的天山
那些不被认识的心灵
是另一些心灵的长夜
只有梦中的呢喃、酒后的醉歌
像内心的表情,无须翻译

睡去,然后醒来
甚至抓住一缕晨光登上了天山——
一张嘎吱作响的床:乌鲁木齐
漂泊在雪山与沙漠之间

2006 年

将军戈壁

1. 是将军戈壁还是戈壁将军？这个问题困扰着恐龙中的哈姆雷特。
2. 肉食主义的恐龙和素食主义的恐龙，人类继承了这一区分法。
3. 雅丹：荒野之坟，阳光的祭台，时日的遗像。
4. 一抹远山，消逝的侏罗纪，隐约的古脊椎。
5. 漫长的死亡，从挖掘恐龙起，有了一个新的开始。
6. 死亡用细小的沙粒清点恐龙尸骸，像一群蚂蚁爬过，恐龙有点痒。
7. 硅化木丈量着荒野，一把突然碎裂的尺子。
8. 大地的罗盘与失灵的指南针：一条鸭嘴龙清洁的肋骨。
9. 我的风格取自一种混合地貌：雅丹——静卧的骆驼，骆驼——行走的雅丹。
10. 准噶尔有整整一亿年的编年史，不，是一亿年的地质史，时间的地质史。
11. 一个可怜虫坐在三千亿吨煤上喊冷，被三千亿吨煤听见了，突然着了火。

12. 我的乌托邦：在荒野上建设海市蜃楼，首先邀请一条沙漠蜥蜴为尊贵的客人。

13. 戈壁的微笑爬上我额头，使我的孤寂有了伙伴和表情。

14. 我的视力取自老鹰和鼹鼠。

15. 云朵在移动，说明我们的屋顶并不那么可靠。一个漂泊的屋顶。

16. 折断的蝴蝶翅膀，为荒野增加了一种看不见的色彩和轻盈。

17. 梭梭的根越扎越深，似乎快到地球背面了。

18. 太阳像蛋黄一样落下去了：恐龙蛋的蛋黄。为了修辞的需要，地球也决定变成一枚恐龙蛋。

19. 我们拿最顽固的戈壁石怎么办呢？“石头你咬不动它，就去吻它！”（哈萨克族谚语）

20. 风，翻开《准噶尔之书》XX卷第2006页，此页第8行留下我轻浅的足迹。

2006年

和布克赛尔诗篇

1

草原车站的时针永远指向早晨八点
八点整,喇嘛庙的法号唤醒梅花鹿谷地:
古老的襁褓,破晓的县城
每一天的停滞、孕育和新生
唵、嘛、呢、叭、咪、吽
七个喇嘛在诵经声中迎候晨光——
晨光从赛尔山雪线之上流泻而下
晨光的清洁工,晨光的洒水车
游牧在和布克赛尔街头
我呼吸了一口空气:草与奶的芳香

2

故事的歌手,颤动的琴弦上
系着一个孤独的马头:蒙古之魂
琴弦上奔驰江格尔和十二勇士的骏马
如果我们用一根琴弦去继承昨日
在今天就会拥有绵延不绝的歌唱

——琴弦不是别的，正是记忆本身！
我想起蒙根布拉克村的小江格尔奇们
小鹿般的眼睛被好奇心点亮
黝黑的肤色取自土地和群山
稚嫩的童声，参与了荷马的进程

3

两个姑娘来到阿布都乔龙草原
一个登上瞭望塔，看见青色哈萨克斯坦
另一个躺进草丛，让鸟鸣淹没自己
她们决意留下，做一回草原的新娘
“我要养五百只山羊、一百只绵羊，
我要忘记时间；谁再说到时间
就要罚款——罚他一只小羊！”
“一匹母狼咬断被猎夹夹住的一条腿，
带着其余三条腿继续流浪。
我要追随它去远方……哦，这里已是天涯。”

4

骑摩托车的帅小伙
请在巴音云都尔敖包停一停
穿花裙的巫师，穿花衣的女巫
上身的舞蹈，如青草摇曳冒出大地
请加入他们神魂颠倒的行列吧

让长发飘扬成绚丽的旗帜
转过你英俊瘦削的面孔、祭祀的面孔
再往敖包上放块石头,洒点奶酒
增添它的法力吧,住在敖包里的神灵
会保佑他们的子孙

5

死去的马,风干的马头
祭献在赛尔山最高的山顶
在兽医的女儿、十一岁的佳尔玛眼里
所有的马匹都是不死的精灵
她倾听流水和马蹄踏碎的寂静
在课堂作文中写道:“太阳出来啦,
哈尔尕图山谷的松林像一群站立的巨人。
我爱家乡,松树长满了泡泡糖(松脂)。”
连偶尔闯入的游客也在模仿孩子的口吻:
“快乐吧,快乐是一天,不快乐也是一天!”

6

和布克赛尔啊,当我离开,却是到达——
金杯银杯里的奶酒,醉了我
马头琴的琴弦,挽留了我
一首长调中的黑骏马,驮走了我
当我离开,又是来时的大雨和彩虹

朋友说雨水留客，彩虹是哈达的祝福
晴朗的和什托洛盖旷野已在身后
每一条路都是来由和去踪
当我离开，内心却一次次重返：
和布克赛尔，梅花鹿谷地，流奶的草原……

2006年

达浪坎的一头小毛驴

达浪坎的一头小毛驴
吃一口紫花苜蓿
喝一口清凉的渠水
满意地打了一个喷嚏

它,在原野上追逐蝴蝶
沿村路迈着欢快的舞步
轻轻一闪
为摘葡萄的三个妇女让路

达浪坎的一头小毛驴
有一双调皮孩子的大眼睛
在尘土中滚来滚去
制造一股股好玩的乡村硝烟

它,四仰八叉,乐不可支
在铁掌钉住自由的驴蹄之前

太阳照在它

暖洋洋的肚皮上

2007年

塔什库尔干

石头废墟旁的塔什库尔干

从石头缝里挣扎出来的帕米尔花
住在小小花蕊中的塔什库尔干

鹰的投影中的塔什库尔干

在夜晚缩小自己躲进群山之中
黎明又回来了的塔什库尔干

坐在牛粪火上取暖的塔什库尔干

大雪治愈群山间缺口
将冰山认作父亲的塔什库尔干

抱着一株枯草哭泣的塔什库尔干

或许是舌尖上一个滚动的词

却占据并弥漫你心灵的塔什库尔干

2007年

在奥依塔克冰上行走

在奥依塔克冰上行走
死去的火山迁徙至我脚下
莫非是灰烬爱上了冰
化为一次无言的绝唱
而我,爱上了
群山中的这个凹地

冰舌垂落、延伸
品尝碎石和泥沙
废弃的空无一人的舞台
冰与火曾经的狂欢节
那壮丽一刻我未曾目睹
只有蛮荒的缄默
现在是接待我的主人
那胸怀、仪表
一种坦荡的空旷……

凝固了,这冰与火的混融

爱的烈焰中的死去活来
凝固了,时与空的肉搏
化为群山中静默的同在
青灰色河流缓缓流过
如同停滞不前的水泥
在提醒世界的一种终结
抬眼望去——
月牙形山梁上的托热瀑布
也似乎静止不动了

奥依塔克:群山中的凹地
一个高原襁褓,摇床
用来迎接一个人的孤旅和新生
我向着阿依拉尼什冰山行进
如同一名远道而来的朝圣者
而冰山巨型的白色宫殿
徐徐升起——
它是,也一定是
心灵和自然共同建造的圣寺
继续超然于时空之外

2007年

红其拉甫的孩子

睡吧,红其拉甫的孩子
积雪的山冈,瓦蓝的苍穹
一张帕米尔摇床
正好安放你的睡眠和枕头

要不,在五千米高处腾云驾雾
在蓝天的被窝里露出一角微笑
却睁眼看见了头疼欲裂的世界
睡吧,红其拉甫的孩子
让白日梦珍藏起你的天真无辜
也治疗你降临人世的伤与痛

山道蜿蜒,瓦罕走廊的风
送来一支阿富汗摇篮曲
金色旱獭睡意正浓
鸟儿在你梦里继续赶路
睡吧,红其拉甫的孩子
让你的睡眠,瀑布般垂落

漫过冰凉阳光下的克什米尔

睡吧，红其拉甫的孩子
靠着大雪纷飞的巴基斯坦
你怀抱自身小小的火炉
一点点暖和过来了——
请用睡眠，向帕米尔每一株小草
每一块石头，祝福，致意！

2007年

塔合曼新娘

假如我要嫁人
就把我嫁到塔合曼草原吧
这里草场美,牦牛肥
青稞豌豆不愁种
牛粪饼也总是年年够用

假如我要嫁人
就把我嫁到塔合曼草原吧
人们合着鹰笛和达甫的节拍
唱歌跳舞三天,踩踏的尘土
让我看不见双亲的面孔
紧张而兴奋的泪水
又迷蒙了我双眼

假如我要嫁人
就把我嫁到塔合曼草原吧
我的新郎英武迷人
身上撒了祝福的面粉

这个像我一样害羞的男人啊
就是我今后依靠的慕士塔格了
我把自己的一生托付给他
要他卡拉库里湖那样的深情
不要湖水那样的冰凉

假如我要嫁人
就把我嫁到塔合曼草原吧
你们这些寻开心的人啊
男的,女的,老的,少的
快到我婚礼上来乐一乐吧
你们这些醉醺醺的人啊
请照管好马背上我微薄的嫁妆

2007年

大盘鸡店

菜谱上公鸡啼鸣
召来花椒、辣皮、大蒜、洋葱
做歌声的调料

被岁月毁坏的嗓子没有歌
被烈酒毁坏的男子落了魄
丑妞为伴，三杯下肚
被当成了仙女下凡
就是说：东施进来，西施出去

也就是说，鸡有时是凤
凤，有时变成了鸡
二者间没有根本的区别
因为，人间这些迷茫的翅膀
扑棱扑棱——
就混为了一团

瞧，穷人的美食店里

挤满了太多的富人
他们吃过抽象的凤
如今爱上了具体的鸡
低头，细啃鸡头、凤爪
看起来有些愧疚的样子
好像是被一只远方的凤凰
流放到了大盘鸡店

2008年

那拉提山谷

静悄悄来临的午后
将巨大的卵产在山谷里
为了在一个巢里孵育阳光
孵育阳光般的词汇:那拉提

悬崖的阴影,云杉的阴影
天空:红嘴山鸦的论坛
移动的、半明半暗的未来
牧人的马儿倦了
阿肯的歌喉哑了
归来的羊群洁白如银、恍若隔世

在一个旅行者眼里,远方
正好安顿他的疲惫和孤独
紧接着是黄昏——
紧接着是暮晚——

巩乃斯河带走的时日

穿过旅行者散漫无边的思绪
空中草原,乱石的山谷
一个敞开的古老伤口
而夜
将它渐渐愈合

——这,能否称之为
夜晚对白昼的一种治疗
重临的安宁对那拉提的一番好意?

2008年

博格达信札

（“你是自己派来的吗？”
西王母问。）

我是自己派来的
也许是鹰的骑手
拥有天空的旱冰场
天空折叠，如云杉的垂袍
收藏雪山的辉光

从红山到博格达
光明路上的新世纪
只是一段尘世的距离
不超过龟兹孔雀的心事
如同，从雪莲到优钵罗
隔着一个词的体温
一种吐火罗的优雅

无须八骏

无须吹笙、鼓簧
漫游的穆天子
原来是西域亲戚
为了方向中野蛮的芳香
为了西王母妩媚的痛
一部地理志改写成
一个男人和一个女人的
奇遇:悬浮半空的忧伤

——我是自己派来的
与古老的传说无关
也不是传说的一个倒影
你眼中的瑶池、新嫁的寂静
是天山摇床。一朵红雪莲
隐秘地绽放、凋零
白发博格达,仁慈的证人啊
请见证:爱的远足
是为了抵达爱的起源

2008 年

闪闪发亮的正午

闪闪发亮的不是正午的大地
是正午的暗:被遗忘的乡村
孤零零的黄泥小屋被随意摆布
尘土遮蔽的事物多于阳光的覆盖
光斑里,有记忆的喘息
白杨树荫下,凉风终于占有了
小小地盘,一条流浪狗眸子里
倒映着村舍、旷野、远山
以及一个明晃晃的虚空的正午

闪闪发亮的不是正午的大街
直行的虚线,几何形和立方体的
堆砌,不能代表命运滑翔的弧
突然升起的窗,向外、向内洞开
就像眼睛,向外看时,也在向内看
这精心编排的心愿的迷宫
住着世袭的茫然,如同一位女子
衣着华美,面容虚幻

懒洋洋走过正午蜿蜒的小巷
她情欲的曲线，在默默拐弯……

别再问是什么事物在闪闪发亮
被正午放大的寂寞与惆怅
囤积此地、别处，那无法眼见的
越是飞速流逝的，越在闪闪发亮

2008年

致克里娜·德贝纳

亲爱的博士，关于旅行
你有着与众不同的看法
“空间是一种暗，一缕幽光，
只是为了显现时间隐藏的真容。”
所以旅行过去和旅行未来
相聚，回到了旅行现在
就像我们在塔里木盆地的漫游
被烈日驱赶到和田一株白桑树下

二十年前你闯进了塔克拉玛干
那时你还只是一位小姑娘
在圆沙故城，克里雅人的羊群
在废墟里寻找可能的牧草
他们的公鸡在胡杨树上司晨
母鸡在枝头筑窝、下蛋
“克里雅的鸡是哨兵，而山羊
纷纷长出智者的白胡须……”

你去过有一千口棺材的小河
枯死的胡杨,船形和桨形木柱
使你恍若置身大海的狂澜
你从流沙中挖出一具木乃伊男婴
他噘着小嘴,一副可爱的模样
仿佛死后仍在啧啧吃奶
在一个恍惚的瞬间,你感到了
乳房的疼痛,感到奶水
几乎要喷涌而出……

“每一个此刻,我感到自己
不断去向圆沙、小河……
每一次离开,我还在原处徘徊、眺望。
——另一个我从未离去!”
你感激:当自己还在姑娘时代
就遇见了塔克拉玛干这位伟大的父亲
你柔和的目光,贤良而开阔的母性
有了一种不同于他人的沙漠气质

你是克里娜·德贝纳,是戴寇琳
你有一门沙漠废墟里的考古学
也有一门新鲜的生活的考古学
在莎车,你送给我一张十九世纪的速写:
英国画家R.B.修尔的《叶尔羌的城墙》

我立刻领会了你的好意——

你是邀请我一起进入1860年的莎车

进入相传有大花园的叶尔羌古城……

2008年

昭苏之夜

羊群释放的夜晚
一千只月亮释放的夜晚
现在,我的睡眠
有了一点昭苏草原的辽阔

消失的往昔、面容和传奇
一再释放着夜晚
不,不是离去者的眷恋
而是从未离开的在场者的照料
展开了我的草原之夜——

葱郁的夜,它在唤醒
一个襁褓中的呼吸和心跳吗?
静卧的远山,大地的枕头
我有绵延不绝的安宁
我有梦的果实、月光的占卜书

在寂静深处,再也没有死亡了

只有几缕有关死亡的呢喃
消失的面影,游牧的世代
梦中醒来的昭苏风景
像种子,在夜的唇间静静发芽

2008年

马蹄踏过天山

马蹄踏过天山

悬浮的
苜蓿草原
一张斑斓的天马飞毯

奔驰！如电！
苜蓿喂养的马蹄
马蹄下突然的花朵
紫和黄——

颤动的、繁星般的——

被禁锢的小火焰
怒放在
天山：一个时光脊梁

2008年

喀纳斯颂

如果人群使你却步，
不妨请教大自然。
——荷尔德林

1

喀纳斯，当我轻声念诵你
盛大的风景转过身来——
如同仁慈目光下的一个襁褓
再一次，将我轻轻托举、拥抱
风景的爱意，被风景的四季承继
在自然的心绪和表情中绽放
在喀纳斯摇床上，我愿变成
景物中遗弃的婴儿，用一声啼哭
去发言，去赞美、咏叹
去参与湖水的荡漾、群山的绵延
——风景俯下身，贴近我脸颊：
我啜饮它，也被它深深啜饮……

2

神迹隐匿，留下慷慨一滴
——圣水，还是精血？

没错，喀纳斯只是水的一滴
无边风景：群山、森林、
草甸、花谷、苔痕……
是一滴水的延展、漫漶
是一滴水的书写、修订

它何尝不是卡在峡谷中的
一块惊人的翡翠？
流动的、液体的翡翠——
缓缓蒸腾的翡翠，浸染山峦
加速了白桦树液的流淌
在每天醒来的草尖上
颤动，滴落

……一滴水的圣地
山之阶梯上，风景朝圣者攀登
梦中的远方，心仪的画境
在越来越急促的呼吸中
展开可以呼吸的蓝——

仿佛他们跋山涉水
阅尽人间缤纷的画卷
只为了找到喀纳斯这一页：
失落的神圣一滴！

3

用喀纳斯的一株牧草
看日落日升风景变幻

用喀纳斯的一棵桦树
脱去岁月沉重的衣袍

用喀纳斯的一朵野花
接纳瞬间的狂蜂乱蝶

用喀纳斯的一只虫子
爬过命运旋转的罗盘

用喀纳斯的一只小鸟
吃下苦涩或甜美浆果

用喀纳斯的一缕清风
传递世上美好的消息

用喀纳斯的一缕光线
缝补灵魂隐秘的伤口

用喀纳斯的一朵白云
擦亮内心蒙尘的镜子

用喀纳斯的一湖碧水
勘测随时间来的智慧

4

当你转过身来，面向敞露的风景
听到了风景深处的呢喃和呼唤
如同迷路的小鸟来到一座新森林：
云杉、红松、花楸、刺柏的迷宫
从枝头到枝头，跳跃，张望
又突然展翅，飞向一片光芒领地
——它的脖子酸了，心儿满了

心与物的交换，人与景的相处
这古老的关联、伟大的姻缘
在喀纳斯开辟了新的秘径：
瞧啊，被风景放逐的人归来了——
植物之神看护的家园依然葱茏
他们的影子，走进石头

影子的影子，吹送湖面
不是去葬送、祭献
而是一场真正白日梦的漫游……

5

被抑制的风景中的风暴
那安然若素的时光流转——

远去的英雄们的马群
长调之路上呼啸的狂风之鞭
喀纳斯驿站的遗民
耳畔至今回响隐约的马蹄声
一碗奶酒中有漂泊的毡房、宫帐
一块岩石记得草原巨子的凯旋

古老的迁徙
仍在摄影家镜头里继续：
红隼的飞翔遵循天空的路径
额尔齐斯河长调拐了个弯
像极北蝰，爱着丛林、湿地
曲折的流水。哈萨克族
和他们的骆驼、马，在转场中
羊群踩踏的浮土升起为路的炊烟……

阿尔泰,光芒万丈的史诗之山
难道只适宜一部《江格尔》传唱?
但突然,人的史诗
在大自然面前变成了短章
阿尔泰史诗,是山的史诗
石头的史诗,树的史诗
也可能是鱼的史诗:
一条哲罗鲑和它后代们的史诗

风景无言,它的无言是无言的珍藏
群山无言,它的无言是无言的雄辩

6

让我写写图瓦人的木屋:
松木的香味拥有斜尖顶的造型
新鲜的木头骨架,裸露着
交给雨水、阳光,而缝隙
交给苔藓谦卑的技艺

草地上的羊毛,苇席上的奶酪
木栅栏形同虚设,各家的门
随意敞开着——
仿佛在欢送一种忧愁的离去
迎接先人们时时刻刻的归来

人间的那缕炊烟也许足够
包尔萨克香味从木屋中飘出
像一群精灵，孩子们跑来跑去
捡拾松果，与狗戏耍
在透明的空气里，他们的眸子
像牛马的眼睛一样纯净、明亮

鹰的投影，一颗大地上游弋的痣
提醒时光的展翅而来、滑翔而去
一只黑鹳在屋顶的逗留
加剧了木屋的暗——
在日晒雨淋赐予它太多的暗之后
暗，就是时间的手迹和原色——

图瓦人的木屋没有成为废墟
却有了黑钙土和腐殖土的颜色
一副岁月的骨架，交给了
岁月中静默的自然

7

（林中）

落叶铺了一地
几声鸟鸣挂在树梢

一匹马站在阴影里，四蹄深陷寂静
而血管里仍是火在奔跑

风的斧子变得锋利，猛地砍了过来
一棵树的战栗迅速传遍整座林子

光线悄悄移走，熄灭一地金黄
紧接着，关闭天空的蓝

大地无言，雪就要落下来。此时此刻
没有一种忧伤比得上万物的克制和忍耐

8

雪，落在喀纳斯

雪，被楚尔的呜咽催生
飘落在西伯利亚泰加林
密密麻麻的琴键上

站立的琴键，陡峭的音符
适宜眺望季节的空旷
山巅孤寂的远方

湖面驶过运木头的卡车

在湖怪们似睡非睡的梦里
卡车是冰上滑翔的钢铁雄鹰
是鹰中的怪杰和传奇

雪,落在喀纳斯
一路飞奔的马爬犁
驮来烈酒和食粮
石头和鲜奶
朝着太阳的方向
一座升起的雪敖包上
有闭目养神的傲慢牛头

雪在开路——
沿着天空的迷魂阵
沿着大地上湮没的路
沿着寒风的刀、雪的尸骨
…………

穿白大褂的空间拓荒者
万物重归处女地的圣洁、宁静
季节的停顿、风景的休憩
那默默无语又全力以赴的
自我治疗——

雪,落在喀纳斯……

9

（新图瓦民歌）

版本A

在远方,我们有
自己的群山、木屋和炊烟
喀纳斯湖水是长长的歌
驼鹿的眼睛就像我的爱人
这安宁,有时绊倒死神的脚步
当云彩擦亮天空
爱人哪,我们就搬到天上去住

版本B

你用大碗奶酒将我灌醉
痴心的话儿装满了小小木屋
流水唱着永不消失的歌
好像在祝福我们的生活
有你相伴,喀纳斯就是一方圣土
有你相伴,喀纳斯就是一个天国
……啊,我的爱人
你是我生命中的缰绳
拴住了我这颗野马的心

我在白桦树下吹起楚尔
爱情的花朵落在了你我心窝
当云彩擦亮了蓝蓝天空
我们相约要到天上去住
有你相伴,喀纳斯就是一方圣土
有你相伴,喀纳斯就是一个天国
……啊,我的爱人
你驼鹿般明净的眼睛
有我生命中全部的安宁

10

风景的涅槃有赖季节的轮回
喀纳斯的春天是被歌声唤醒的
歌声沉寂,或歌声高翔
化为鸟儿醒来的一声啁啾……

在完成阳坡的工作之后
野花们高举小小火把,齐声合唱
越过路面的残雪、冰碴儿
去阴坡继续编织柔情的花毯

被季节的轮子一路碾碎的薄冰
那看不见的车轮、冰的欢呼
响应湖面上蓝色图案的变幻

有时那图案，就像一个人
心潮起伏的脸谱

春雨的弹奏：一阵明媚、急促
的指法，山与山之间架设了彩虹
那七色音符气势恢宏的跨越
让日神的马车走走停停
长亭之后是短亭……

听哪！到处是春天的歌谣
新绿的树林，心灵的摇曳
一场祈祷仪式的华丽登场
而白桦树液的汩汩流淌
是一支新血液的歌谣

11

需要一扇窗子
一扇面向喀纳斯的窗子
只是为了完成一次
平常的眺望

在那个瞬间
风景的浩荡倒映水中
湖光山色的变幻

正合我心意

窗子取缔我目光
替我面向喀纳斯风光
一门几何学的教诲
让我向外瞅
也向内看

让我静止在内心的房间
让我徘徊如自在之兽
当我来不及摇晃
整个世界已开始运动

那中了魔法的运动
好比心灵的分身术
渐渐显现了——
隐藏在无限风光中的
一架冉冉升起的
垂爱木梯……

12

请黑琴鸡弹奏,岩雷鸟舞蹈
林蛙的家园雪水长流,清泉四溢
让哲罗鲑去穷尽幽深的水下森林

火焰草盛放于星光灿烂的夜晚
风景的盛宴，或许是繁星的一次莅临
就像我们在阿尔泰夜空所看到的
环绕喀纳斯星座的是闪闪发亮的词：
冲乎尔、贾登峪、禾木、白哈巴……
星子们的回旋，绕膝于一个光芒中心
汲取了永不枯竭的母性甘泉、星光甘泉
——喀纳斯不是别的，不是景色的大地
而是景色的星空：一个风景的小宇宙

2008年

鄯 善

鄯善国，本名楼兰，王治扜泥城，去阳关千六百里，去长安六千一百里。……地沙卤，少田，寄田仰谷旁国。国出玉，多葭苇、柽柳、胡桐、白草。

——《汉书·西域传》

鄯善，一部楼兰的还魂记
消失的楼兰，一盘散沙的楼兰
要重建它的堡垒和城池
一个新的襁褓，从虚无中
拯救失魂落魄的楼兰

它，继承楼兰的衣钵和遗产
继承它的基因、血脉、个性
继承它的大湖和波澜
继承它的沙漠、雅丹、盐碱
继承它死而复活的胡杨林

继承它浩瀚的芦苇荡
继承它的荒凉和传奇

鄯善,楼兰的嫡亲和独子
是楼兰之父的光芒笼罩了它
尔后,它用一面罗布泊镜子
收藏了光芒。哦,重临的光芒
照亮父亲苍老、枯黄的脸庞
——是的,当父亲诞生了儿子
儿子也在创造他的父亲啊

一个浪荡荒原的儿子
是农夫、猎人、兵士、书吏
是商人、车夫、僧侣、使节
一个坚守荒原的儿子
为西方来的使团、东方来的商队
修通西域的路,架设瀚海的桥

小国的尴尬,如同耻辱的印记
被一部部的正史和野史记载
在野蛮的匈奴和强大的中原之间
鄯善东张西望,左右为难
大鱼吃小鱼,小鱼吃虾米

这是先人总结的真理
大国吃小国,小国又能吃什么?

鄯善吃过小宛、精绝、戎卢、且末
这些“虾米”,味道也不过如此
然后再吃什么呢?
吃沙漠?吃盐碱?吃太阳墓里的空气?
一部西域史就是这样延续的:
三十六国分裂成了五十国,五十国又像
五十只陶罐,摔成了碎片……
左右为难的鄯善,彷徨又彷徨
仿佛看见了自己的宿命和未来
直到智勇双全的班超
和三十六壮士,为它服下一颗定心丸
直到楼兰的精气
继续回荡在鄯善的荒原
直到它的“此在”
包含了视野中的东西南北……

依然是,屯戍城的旗帜高高飘扬
“驰命走驿,不绝于时月;
商胡贩客,日款于塞下。”
商道繁忙,十几种语言在此相遇
依然是,驴马嘶鸣,牛羊肥壮

罗布泊湖水浇灌广袤的田地
出产人们喜爱的小麦、瓜果和蔬菜
依然是,东方和西方在这里找到了
相互进入对方的通道和“跳板”

2008年

注:引文“驰命走驿,不绝于时月;商胡贩客,日款于塞下”出自范晔编撰的《后汉书·西域传》。

斯文·赫定的垃圾堆

1934年,瑞典探险家斯文·赫定
第四次到达罗布泊,在楼兰废墟
挖掘一个古代居民的垃圾堆
它的详细清单如下:
一只老鼠干尸,表皮几乎没有损坏
大量鱼骨,说明罗布泊曾有淡水
一根鞭子,鞭杆用羊胫骨做成
一颗猪牙。马、牛、羊、骆驼的骨头
纽扣,铜币,碎布片。一只马鬃做的鞋底
废旧铁器,确切地说是一根锈铁链
两个中国毛笔架。撕碎的桑皮纸
写有汉字的木简。一个木钥
最下面是大量的芦苇秆。——这是对的
芦苇曾是楼兰人最重要的建筑材料

赫定先生尤其注意到一堆羊粪
由于沙子的保护,它新鲜如初

好像那只排泄过的羊刚刚离去
他侧耳倾听，隐隐听见了羊叫：
"咩——咩——咩——"

2008年

米　兰

秋深了，一座破碎肉体的废墟
在一个明净的词中取暖
在词的深处愈合自己

秋深了，一场狂风吹散没踝的浮土
在黄昏，孤零零的三座佛塔
多像你前世的三个姐妹

史书记载这里：
阡陌交错，渠网纵横，禾稷丰登

罗布人在米兰种完地
带着老婆回到了阿不旦
兵士们放下城堡、弓刀、箭镞
去雪域高处修炼成佛
风的声声呜咽
留不住商队远去的驼铃
一部贝叶经泄露的光

刺伤了斯坦因博士的眼睛……

时光之书只留下两个字：
“弃之！”

我思念不在场的有翼天使
希腊之父、印度之母的爱婴
犍陀罗俊美的处子
如今，只有阿尔金的山鸦
这些旷世的弃儿
在暮色里翻飞、鸣叫
就像你说的——
“这么安静的地方，
也终于有了叫声……”

2008年

注：米兰即伊循城，被认为是西汉时期鄯善国的屯田基地，遗址位于新疆生产建设兵团第二师三十六团（米兰农场）。

洋　海

从死亡这边看
一只洋海的箜篌在弹奏
铜铃和吹风管凑着热闹
一只彩绘木桶上
山羊、麋鹿和野猪开始跳舞
一个泥塑玩偶眨巴眼睛
仿佛在寻找丢失千年的冠饰
一根枯萎的葡萄藤
沿墓壁,一点点向上攀缘

从死亡这边看
亡灵们的荒野多么空旷
容得下更多失去的时日
光头守墓人艾力来自吐鲁番
在墓地里
种青菜、豆荚、萝卜和果树
看着渐渐增加的绿,笑了
他睡在一张嘎吱作响的老木床上

陪伴他的是地下室里的
三十具木乃伊、一百五十个头骨
“瞧,我的亲戚真是多!”

从死亡这边看
夏村正是炎热的夏天
村民们在劳作,庄稼们在成长
高高的白杨闪着银光
支撑起洋海蔚蓝色的苍穹

2008年

注:洋海古墓位于新疆吐鲁番市鄯善县吐峪沟乡洋海夏村西北,面积5万多平方米,为公元前1000年至公元前后氏族社会大型墓葬,2000年被评为“中国十大考古发现”之一。

戈壁之旅

“从额济纳河到吐鲁番盆地，
我们三人小组，五次穿越沙漠，
到达偏远的村庄和隐秘的绿洲。
一座帐篷，一辆马车，一个旅店的房间
是流动之家：我们的布道堂和诊疗所。
马车夫的声声叹息在我们内心回响。
当我们穿越沙漠，就成了沙漠的一部分。”

“我们到过辟展，一个肥沃的绿洲，
出产上好的辣椒和流蜜的甜瓜。
街道繁忙，商品琳琅，充满生机。
旅店中满是南来北往、言语不同的人们，
他们将吐鲁番葡萄、库车杏干、和田地毯
运往哈密、河西走廊和中国沿海城市。
我们将辟展比作戈壁的一只耳朵，
机敏，灵通，捕捉来自西方的消息。”

“吐峪沟的葡萄园如同火焰山中的翡翠，
一种幽幽的香气令人想起天上的事物。
浅金色，或干净的淡绿，吐峪沟的葡萄干
是黄金、琥珀和海绿色的玉粒。
那里有七个人和一条狗的麻扎
白发守墓人一百岁的老母亲，
谈到自己的少女时代，谈到贫穷是幽灵，
一边转动手里的枣椰石念珠，
它们在阳光下闪着桃花心木的光泽。”

“鲁克沁郡王是一位年迈的戈壁之王。
他疯了，但他的存在仍凝聚百姓的忠贞。
一种悲剧气氛笼罩整个王室家族，
如同从天空和屋顶倾泻的沙尘。
后宫中的女人，身穿翠绿色丝质衣裳，
像关在隐形笼子里的金丝雀。
窗子开向回廊，通往私密的花园，
在那里，妇女们可以不戴面纱散步。
我们在花园里欣赏花儿和鲁克沁白孔雀。
一位园丁说，如果想要了解金丝雀，
就必须进入它们的镀金鸟笼。”

“……辟展远去了，像戈壁之旅的
一个梦，转瞬又进入孤独的浩瀚无垠中。

——这正是上帝赋予我们的绝对自由。
沙漠中的先辈相信，孤独是一种需要努力
才能获得的东西。在漫长的旅程中，
我们在努力获得这种孤独：一份启示和神恩。”

2009年

注：米德莱·凯伯（Mildred Cable，1878～1952）和法兰西斯卡·法兰奇（Francesca French），法国女传教士。1926年到1941年，她们偕法兰奇的姐姐伊万杰琳（Evangeline）组成“修女三人组”，五次穿越中国西部沙漠，到达过吐鲁番的辟展（鄯善）、吐峪沟、鲁克沁等地。两人著有《戈壁沙漠》，中国青年出版社2002年1月版，黄梅峰、麦慧芬译。

岑参过赤亭口

火山六月应更热，赤亭道口行人绝。
知君惯度祁连城，岂能愁见轮台月。
——[唐]岑参:《送李副使赴碛西官军》

岑先生的宝剑上
挑着一轮明晃晃的西域毒日
天空低垂
像火焰的流苏

哈密以西四百里
荒草萋萋
平沙莽莽
阳刚的山岚、空阔的漠野
符合军方人士的抱负
和一些惆怅

行人断绝，火山突兀
炎风阵阵，扑面而来

赤焰的舞蹈
烧焦飞鸟的翅膀
几百年来,山上的煤
就是这样燃烧不灭的

立马赤亭口
岑先生享受这免费的
桑拿干蒸
在看见轮台大如斗的碎石之前
一朵交河的优钵罗花
已在吐鲁番张望

征途漫漫
那就继续策马西行吧
岑先生凝神片刻,扬鞭而去
将“赤亭”二字
收进雄健的诗篇

2009年

有所思，在和田

有所思，在和田
石榴圆满，核桃树圆满
羊脂玉圆满，河道里大卵石圆满
孕妇圆满，孩子们眼中的蓝圆满

有所思，在和田
麻扎圆满，沙漠废墟圆满
尉迟乙僧失传的画作圆满
消失的尼雅、丹丹乌里克圆满

——不要惊扰了一朵玫瑰的开放
——不要惊扰了毛驴的小步伐

有所思，在和田
尘雾迷蒙了我的双眼
已有一百零一天
如果我化身为一粒尘埃

静静落在和田的葡萄树下
那么,我就是圆满

2009年

在夏特尕特牧场

她们在乌鲁木齐没有哭
在千里之外的阿勒泰
在夏特尕特牧场,当看到
牛羊在夕阳下缓缓下山
走向收割后的麦田
黄泥小屋前,葵花谢了
老奶奶和老爷爷坐在一起
其乐融融地聊天
两位好姑娘:小方和小晶
仿佛被什么击中,突然哭了
止不住地倾泻
积蓄了三个月的泪水

2009 年

一百米外的远方

已经没有多少土地可以种下死者
让他们在泥里发芽
头发像青草一样茂密生长

已经没有一个吻
可以找到凋零的唇
死亡提前透支了它的温度和光泽

老人们来自东方
受伤的人来自边疆
幸好,他们的骨头没有散架
幸好还有呼吸,和室内的狂奔

一百米外的……远方
是千丝万缕的他人的生活
是你领域之内的
泪水和毁灭,暴戾和死亡

一百米外的……死亡
像腐烂的水果，滚向生活的暗角
那里，黑夜一再经过
星光，留下惨白的鞭痕

那里，死亡那边成长的事物
繁茂如亲人们的叹息，参与了
你的梦境，你静默的现在时

2009年

细君公主

今夜,月亮在你左上方
再低一点,就变成你清冷的耳坠
毡房之上,穹庐之下
月亮比故乡那轮更圆、更亮
一种圆而亮的寂寞
压住你断断续续的梦境
梦中有江南景物、吴侬软语
有时是戴罪、弃市的父母
西域夫君,睡得像头公牛
胸腔里响起呼麦和谣曲
用故乡的丝绸裹紧你的孤单
却抵御不了边塞的严寒
绢道尚未诞生,戈壁满目凄然
去向西域的路由泪水铺就
后来是落叶纷飞,挥霍金黄
后来是雪花飘扬,倾泻惆怅
天边外,比远方更远的异乡

月亮在上，今夜格外漫长
乌孙白雪的光芒爱着你
草原瑟瑟发抖的枯草爱着你
羊和马用婴儿的眼睛爱着你
远方的爱，像祭神的奶酒
通宵的宴席，与你无关
你的爱，已经死了
死在被剥夺的那一刻
死在含苞未放的少女时代
在向故乡交还一把枯骨之前
你决定让自己变得更细、更瘦
好配得上这个单薄的名字：细君
好让祈愿中的黄鹄从天而降
在它刮起的一阵风里
你像落叶和游魂，被托举
你要施展乌孙骑术，轻盈飞翔

2010年

我已经遗忘

我已经遗忘
春天还会开花
树会绿,草坪会醒来
人们会在街头散步
带着孩子、狗,有时停下来
对着飞舞的小蜜蜂发呆
在一片受伤的土地上

在一片受伤的土地上
在冰雪掩埋的冬季坟场
我已经死过一回
不再属于这个地方
但不像逃离者一样仓皇
瞧,颠沛流离的春天回来了
她的好意微微带点调侃

她的好意微微带点调侃
还有那些年轻的面孔

闪烁的大腿、微风中的裙裾
是对报纸和谎言的反讽?
老天爷知道,留下来的,
不是一堆石头、木头和傻瓜
命运的斜拉线纵横交错
“嗞嗞嗞”传输负荷和电压
将自我和众生
变成战栗的一体

变成战栗的一体
仿佛是期盼已久的结果
已经遗忘,其实不会忘却
我不属于一个地方
在经历了血腥、腐烂和严寒之后
在季节的自我更替之后
时间赋予的朦胧力量
又回到了受伤的土地
回到了我身上

2010年

豆哥的早餐

他饮下一杯牛奶
吃了半个妖魔化的馕
几颗吊死在树上的杏干
有时佐以残忍的玫瑰花酱
烤肉和抓饭就免了吧
并不适合一大早的胃口

打开窗户,他吃了一口
丝绸之路上的空气
吃下葱岭的冰、塔里木的沙
楼兰的胡杨泪、尼雅的红柳灰
吃下边地部落消失的鼓乐
远去驼铃消散的故事和传奇
或许,还吃了点
海市蜃楼里的残羹剩菜

走在街上,他步行去上班
一边吃着自己的沉思默想

感到肚子已经饱了
一路上,都是从昨夜或去年
惊醒过来的人:
认识了一日长于百年的人
是的,他必须腾出最后的胃口
吃下他们脸上的愁容
残留在内心的坚硬噩梦
吃下北门的低泣、南门的哀号……

他感到自己就是他人
是每一个擦肩而过
但息息相关的陌生人
他和他们,仿佛一阵风
便能消散、吹走的影子
继续奔跑在受伤的土地上
——他吃下了遗忘
这是比白日梦更加丰盛的
豆哥的早餐

2010年

蚂蚱协奏曲

初冬，阳光晒暖的一块石头上
一只垂死的蚂蚱醒过来了
两条后腿，收集残存的力气
找到了可以摩擦的翅膀
“让我数个数吧，还能蹦跶几下：
一、二、三、四……”

仿佛受了感染，蝈蝈和蟋蟀
在枯草丛中齐声低鸣
更多垂死的蚂蚱，爬上了
世上数不胜数石头中的一块
“哦，最后的暖，最后的光
最后的舞台，最后的悲苦……”

“嚓嚓，嚓嚓嚓……”
蚂蚱协奏曲，世上最小的音乐会
此刻是对荒野、枯草、寒风
以及紧接着到来的严冬的

一点微弱的抗衡

微弱的……仅此而已：
“嚓嚓，嚓嚓嚓……”

2010年

夏塔：梯子

凿得冰梯向北开，
阴崖白昼鬼徘徊。
万丛磷火思偷渡，
尽附牛羊角上来。
——[清]洪亮吉:《伊犁纪事诗》

1

冰川如瀑，倾泻，垂挂
三千丈白发，在乱石河床
像时间一样流过去了

沉醉于蓝天下深沉的安宁
花草涌动、铺展，盈满山谷
——趁着盛季，请抓住
夏日闪烁的冰雪之光

天山嵌入眼帘，景象无边
夏塔的世界是垂直的：

冰峰与浮云，云杉与朽木
头脑里的凌云壮志
温泉里性感的脚丫……

瞧，小牛犊多么温驯
当它低下头去——
哦，大地的亲和力上升
草尖的谦卑高过肥嘟嘟的云

2

一把梯子，取自冰川遗骸
高过木素尔达坂的死地绝域
一把梯子，穿越群山的苍茫
徐徐回旋在峻岭之上

赞美的言辞，抒情的腔调
在此地遭遇噤声和失语
冰川大厦，一个险峻屋顶
登高释子俯瞰云雾和峡谷
心绪空蒙，怆然涕下——

“远啊远……
迷远的路，玄远的途……
于暴风、飞雪、雨石中，

把自己一点点运过冰川，
无名的牺牲，被总结成一块冰。”

每日每夜，唐玄奘行走冰川
每日每夜，牛魔王混迹人间
向上之路和向下之路
化为传说中的夏塔冰梯
所谓“南驰于阗、北走大宛”
只是地理志的简约描述
一部无言的苦行记，镌刻在
一寸寸冰面、一步步冰的台阶

布匹和棉花，在夏塔重如铅石
南疆和北疆，在夏塔隔世相望
但是，当古道和冰梯断了
沙漠又如何与草原对话？

3

夏塔！请赐给我严峻的午后
一个化险为夷的时辰
请派遣传说中的神鹰和神鹿
出没于执念者茫然的秘境

现实的襄助无声无息

又无边无际——
冰山为灯,雪峰为镜
天地宏阔,世界澄明

我目睹乌鸦、冻尸、冰山之殇
却有云杉的高耸、白云的逍遥
而此刻,愿将自己肉身
化作夏塔一把冰梯,架设险途
好让生者与死者、心诚者与幸存者
怀揣决绝,渐次而过……

2010年

登雅玛里克山

悼词般的鸟群埋葬在云里
落在树上的，发布新春致辞
叽叽喳喳一片，催醒新芽
杏、桃、榆叶梅、馒头柳
像一群懵懵懂懂的听众
气喘吁吁的市民亦加入其中

什么样的土地？什么样的城？
雾霭笼罩，效仿内心的苍茫
好比身体的潜艇，浮出海面
残雪与新芽，是一个对称
它们的交谈，不会久长
雅山塔与红山塔，隔空相望
为山顶增高不多的几米
赭红色之塔，用来躲避邪气
青灰色之塔，像一个厚道古人
还有一些鸟儿，像匆忙的邮差
在塔与塔之间，来回飞翔……

什么样的时节？什么样的光？
树、塔，升起；人，匍匐又攀登
有时，步履高过了头顶
有时，踉跄掉进了深渊
凭借怎样的无言祈求
天空终于展露明媚的一角？
凭借怎么样的内心挣扎
博格达升起一朵胖乎乎的云？

2011年

异乡人

异乡人！行走在两种身份之间
他乡的隐形人和故乡的陌生人

远方的景物、面影，涌入眼帘
多么心爱的异乡的大地和寥廓

在他乡的山冈上，你建起一座小屋
一阵风暴袭来，将它拆得七零八落

回到故乡，田野已毁村庄荒芜
孩子们驱逐你像驱逐一条老狗

你已被两个地方抛弃了
却自以为拥有两个世界

像一只又脏又破的皮球
被野蛮的脚，踢来踢去

异乡人！一手掸落仆仆风尘
一手捂紧身上和心头的裂痕

2012年

未被驯服的风景

背包客在梦里买下一朵浮云
获赠一匹神马、几缕清风

摄影师用长镜头逮住几颗星
为了听它们叽叽喳喳叫

他们山羊般俯身
在河上签署自己名字

他们蜥蜴般筑居
在沙上抹去自己来路

群山移动,像一头绵延的巨兽
未被驯服的风景,发出低低吼声

2012年

刀郎巴亚宛

跪着，在叶尔羌河畔
听旷野摇滚，荒漠呼告
在死去的胡杨林
鼓声激昂，歌喉决堤
十九根琴弦在体内疯狂
饥饿者赐予我们音乐
贫寒者擅长丰饶之歌
跪着，羞愧于自己
失灵的关节，一肚子的
红柳烤肉和穆塞莱斯
远道而来者，丢了魂魄
曾在羔羊跪乳的家乡
答谢双亲的养育之恩
此刻，来到刀郎旷野
痛饮一碗狼奶
跪着，在叶尔羌河畔
领受一份洗礼

如同被迎面痛击
在流淌音乐和月光的
刀郎人的巴亚宛
这是今夜唯一的姿势
这是此生最后的旷野

2012年

注：巴亚宛，维吾尔语“旷野”的意思。

一 个 梦

生于1980年代的你
在1970年代的厨房里忙碌
调料短缺，劈柴冒烟
院子里有土豆、白菜
一地深秋的阳光
高音喇叭没日没夜播放
语录和赞歌……
你说："尝一尝吧！
我做的大盘鸡很好吃。"
我说："我要上山打老虎
再找一找附近的瑶池仙境。"
生于1980年代的你
居然变成了1970年代的主妇
在烟熏火燎的厨房
在窗外阳光和虚幻景象里
一个有赫尔岑胡子的兄长
在你身边，用语言的断片

把写作变成祈祷……

我从山上带回一句边疆谚语：

“忘记七代祖宗的人，

不能称之为人。”

而你赠予我中原格言：

“闯过苦难记忆的鬼门关，

我们才回到了一点人间。”

2012年

漫长的灵魂出窍

一大早我就离开了自己
远方,并未向我发出召唤
像一个榫子,揳入陌生的土地
有人提醒我,可能会揳入一个墓地
在恍惚面影中,同时看见友善和疏离
有时则共同忆起昆仑山上的费尔黛维西
在城市与荒原、群山与流沙、岩石与鸟蛋
甜瓜与苦荞之间,如今我与后者站在了一起

2013年

住在山谷里的人

他知道世上还有别的地方
还有乌鲁木齐、北京、上海
但从未去过。他的一位亲戚
去过首都，回来告诉他：
“北京好是好，可惜太偏僻了。”

在一座看上去快要倒塌的
木屋里，他住了七十多年
送走了父母和父母的父母
原木发黑，散发腐烂气息
屋顶长满杂草，像戴了一顶
古怪的帽子，一处木头缝里
正冒出一朵彩色菌菇……
山谷里，雨水总是很多
每到下雨天，他的老寒腿
锥心地疼，跨不上一匹矮马

两边山坡上，病恹恹的

野苹果树，被小吉丁虫折磨着
在高大的云杉和红桦之间
变成一群矮子。木屋前有一棵
较高的野苹果树，孤单而健康
树下拴了一匹马，看上去
像是一棵树正在驯化一匹马
成熟的果子掉下来
落在马的脊背、臀部
马在颤抖，仿佛内心的惊讶
在身上泛起阵阵涟漪……

旅行者，不断从远方来
每一个，不会再来一次
我和女儿喝他的奶茶
吃了他的包尔萨克，就要离开了
他送给孩子一瓶自己做的玛琳娜果酱
艰难地起身，向我们道别
我们离去，消失在天山风景之外
隐身于一位老人的“偏僻”里
无须抬头，遗忘像一朵低低的云
笼罩这个名叫库尔德宁的山谷

2013年

沙

数一数沙吧
就像你在恒河做过的那样
数一数大漠的浩瀚
数一数撒哈拉的魂灵
多么纯粹的沙,你是其中一粒
被自己放大,又归于细小、寂静
数一数沙吧
如果不是柽柳的提醒
空间已是时间
时间正在显现红海的地貌
西就是东,北就是南
埃及,就是印度
撒哈拉,就是塔里木
四个方向,汇聚成
此刻的一粒沙
你逃离家乡
逃离一滴水的跟随

却被一粒沙占有
数一数沙吧，直到
沙从你眼中夺眶而出
沙在你心里流泻不已……

2013年

疆

1

住在弓上

住在土里

住在高山和盆地

大隐隐于疆

2

持弓守土者

身旁的

疆

3

弓上的月光

土里的流亡

三山两盆的雪和沙

斯人嘘叹

恰在咫尺天涯

2013年

论 新 疆

现在，他们和数码相机
一起到达，在他乡风景里迷失自己
现在，新疆变成一颗鹰嘴豆
在一锅羊肉汤里沉浮，并熟了
要有足够多的羊肉和羊肉汤
才能找到美味的可能的鹰嘴豆
新疆是被运走的一车车葡萄红枣
一车车热烈歌舞、一车车云团阳光
在“看”之前，他们已品尝“新疆”
就像吃下一个美梦，然后问：
“这种美味，出自何方？”
于是，他们万里迢迢寻找新疆
像寻找一种食物、一剂药方
在一张公鸡地图上，找到一个尾翎
一不小心越过俄罗斯到达北极
他们抱怨这里太冷，而公鸡下的蛋
一个古尔班通古特，一个塔克拉玛干

那里的荒凉让人绝望并且走投无路
现在，新疆从一串鲜葡萄变成葡萄干
新疆像风滚草在无垠的旷野滚动
新疆变成明信片，躺在数码相机里
像“楼兰美女”一样四处展览
昆仑已是废墟，时光深处的一堆废墟
把玩和阗美玉的人，已淡忘祖地记忆
而一个丢失来路去踪的人
突然变成他乡的本土主义者
……或许他们前世到过新疆，当他们
还是骆驼客、牧羊人、戍士的时候
或许他们从未来到新疆，就像——
塞菲里斯的海伦，从未到过特洛伊

2013年

塔城：俄罗斯人家

要有过河的小桥
要有林中人家
要有迎客的列巴和盐巴
要有一架老式手风琴
要有《喀秋莎》《红莓花儿开》
要有再屯娜的舞蹈
要有她做的玛琳娜果酱
要有加了蜜的巴哈利
要有几株白杨和柳树
要有开满鸢尾花的院子
要有一条水泥路
要有看不清年岁的几间平房
要有一些流人的老照片
要有桦枝和松球做的挂画
要有来自叶卡捷琳堡的圣母像
……最里头的卧室
一个矮得不能再矮的书架上

我看到两本被翻烂、包了皮的书：

《安娜·卡列尼娜》

《死魂灵》

2013年

遗忘之冬

颂赞或诅咒,都不能拯救遗忘
第三条道路通往叛乱的星河

风景将继续传播,但是空寂无人
无人的群山,只是一座座覆雪的孤坟

幸存者漂泊,用余生将自己修补
他已分裂成一些大漠、戈壁和孤烟

他还会从雪里挖出蚂蚁的食粮
将巨犀和猛犸,从幽冥世界拖出

不可抗拒的严冬,这个史前庞然大物
一屁股坐下来,就占领我们的版图

在喉咙刮过太多的沙尘暴之后
飞雪的、冻伤的嗓子已没有歌

2014年

高速公路上的雾

雾中，陷入无穷的模糊回忆
前和后，混淆了，看不清
仿佛一条长舌，从沉默中吐出
缓缓拖过早晨，舔着
积雪的枯冷旷野

这一截高速路比平时走得漫长
臭烘烘的大巴，沉默无语的乘客
每个人回到自己，落座于
一具“他”或“她”的躯壳
生硬，颠簸，如一粒粒石子
即使颠簸成为动荡和跳跃
石子也不会变成珍珠
每一个一，被雾的一切
包围，皱眉饮下雾化的毒奶

音乐颓丧。沉默在持续——
鼻涕虫婴儿睡着了

一位老太太终于忍不住
嘀咕道:“啥时才能到啊?”
她去东戈壁探望儿子
而我,埋下头,抽了口电子烟
为今天的大雾,再增添一点雾

驶出噩的制式:一种弥散状态
肺的解放,带来身心的舒展
白杨雾凇,少年般挺拔
宁静,晶莹,透亮
像一种久违了的愉悦
一天才刚开始,锈红色太阳
懒洋洋躺在地平线尽头
我得眯起眼睛,才能慢慢适应
这枚硕大而近在咫尺的恐龙蛋

2015年

晨　起

晨起，发现自己还活着，很好
没缺胳膊，也没少腿，很好
只是昨夜梦里为找到一朵小花
穿过太多荆棘，全身还隐隐作痛
洗脸，刷牙，照会镜中人
白发又多了几缕，不必忧伤
再白一些，就配得上天山雪了
“还活着！”这是一个多么惊人的
发现啊！朋友来电，约我去楼兰
为什么要去楼兰？和木乃伊约会吗
或者那里还有未曾发现的宝藏
而我，正吃惊于“活着”本身呢
激动并陶醉，没有远游的兴致
在此地，在活着实属不易的时代
晨起，发现自己居然还活着
四肢完备，内心康健

仅此,已使我对新的一天

充满信徒般的虔敬和感激

2015年

托克逊

感谢托克逊的大风吹歪你的胡子
无风的日子,孩子们玩起刮风游戏
风在他们嘴里呼呼吹,没日没夜
直到他们长大,告别贫瘠乡土

游子归来,从南疆,或北疆
坐在一盘托克逊拌面前,轻声嘘叹
人在世上走散,房子被大风吹歪
乡愁,从一只颠簸的胃里升起

感谢托克逊的一块石头变成了挑战
当你咬不动它的时候,就为自己
找到了亲吻它的理由,如同
四十度高温,还要声称的凉快

在某个瞬间,世界会变成托克逊
变成不高不低的零海拔广场
从天山到艾丁湖,一度吹散的生活

回来了,一度瘫痪的日子
突然陡峭地站了起来……

当你久久潜泳于沙漠戈壁
并奋力跃出托克逊的海平面
你要么是一头蓝色巨鲸
要么是一朵淡紫色的孜然花

2015年

冰山游移

冰山游移——
这史前巨兽
这水的尸骨
这壮丽的坟茔
如男人的自我分裂
归于一种完整

冰山游移——
这冻伤的歌喉
这废弃的歌剧院
这全身易碎的镜子
放大孤寂
并屈从于孤寂

冰山游移——
这虚空的子宫
这腹中冰的锐角
这存在的晕眩

世代无法生下

人间的冰山来客

——冰山游移在远方

在现实和梦境之外

三分之一的傲慢

三分之一的沉浮

三分之一忧郁的根须

2015年

死者从未离我们而去

死者从未离我们而去
在葡萄叶和无花果叶
漏下的星光里入座
寒暄，垂首，低泣

他们随流水和尘埃迁徙
用风，采集草尖的战栗
一大早在花丛中睁开眼睛
提醒另一些假寐的死者
还有值得细赏的“人间”

有时在乌云和白云之间
演示雨水的慷慨
雷霆的震怒
有时用一道闪电
扎根于惊叫、四散的人群

在清明节和忌日

他们坐在我们对面
默默饮酒，吞咽食物
或者亮出一把长刀
切了西瓜又切甜瓜……

2015年

雾

远和近,亲和痛
隔着今夜这般大雾

生存,已是一个幽灵化过程
沿着身体的墙体和裂缝
雾,不断地渗入、渗入……

我们的挣扎和哀歌
归于无边无际的
雾的国度

但在雾的散板和跨文体中
一树奇崛而晶亮的雾凇
于清晨缓缓升起——

那是心的,唯一榜样

2015 年

金山书院

“有时晚上不见一人，书院显得
尤其空荡，恨不得将它关了。
哦，荒凉的县城，荒凉的文学……”

于是，四个男人
一个布尔津人，一个吉木乃人
一个禾木人，一个乌鲁木齐人
坐下来喝酒，读诗
从《一张名叫乌鲁木齐的床》
读到《喀纳斯颂》

“有一天，骑赛车来了两位女士，
我在冲乎尔教书时的学生，
小时候调皮得很，一位曾被我罚站，
一位被我赶回家，她们不记仇
结伴来买《喀纳斯自然笔记》。
但热气腾腾的八十年代到哪里去了？”

“哈,今夜的难题还有一个:
教士啤酒下肚,啤酒瓶如何送回德国?
颂扬苦闷,还是试着赞美
这遭损毁的世界,才是一个问题!”

“凡造梦者,须去废墟上拣拾砖瓦。
凡将无形之梦,变成有形之梦的,
皆可称之为荒凉的事业。”

此刻窗外,额尔齐斯河静静流淌
所以今夜不太荒凉
如果我们还是感到了荒凉
就去邀请院子里的三棵树为听众:
一棵漆树,一棵野山楂,一棵欧洲荚蒾

2016年

为杏花而作

杏花，一门春天的修辞学
被微风唤醒瞬间的怒放
我们在杏园朗读杏花诗
唯不见枝头一朵
倒春寒中遍地残花
将苍白，一点点往泥里送
仿佛已送达死者唇边

我们执意替流逝朗读
从乌孙城朗读到龟兹国
那里，每一棵杏树下
都有一个酒窖，屠戮归来
的兵士，彻夜酩酊大醉
错将舞女当作孔雀
又将花雨看成飞天
历史是一只漏气的坛子
散尽酒香和所有的香

我们携带时间幽暗的力
却显现为每个人所是的样子
就像此刻,结束朗读后
默默无语,漫步凋零的杏园
远离山坡上的大片绿杏林
像流人,像杂沓的羊群
为脆弱事物所爱、所伤
拥有杏花般的某个瞬间
（——赠亚楠、陈予）

2016年

我为爱效过犬马之劳

我为爱效过犬马之劳
在边地险境,修复语言的创伤
用心灵的快和自然的慢
我行走在茫茫人群中
看不见这个民族或那个民族
只遇到一个个的人、一颗颗的心
有时,感到活着的已不是自己
那么是一个他者？一个复数的我？
一个为爱效过犬马之劳的人
在今天被视为失踪的人
正往旷野和荒凉中去
独自面对孤寂、衰老和死亡
而爱,会跌跌撞撞活下去
获得一次次的重生

2016年

火 车 记

铁的意志穿过戈壁驶向南疆
铁的驼队，沉浮于瀚海
绿皮车厢内，六十种沉默
坐落于无休止的铁的咣当声中

坚硬的沉默一度被酒精打开
情歌和笑话也会决堤
汉语、维吾尔语、哈萨克语、蒙古语
外加大巴扎烤鸡、自带手抓肉
汇成一锅今宵的乱炖

咣当——咣当——
体面的人头枕公文包时睡时醒
上半夜梦见塔里木虎
下半夜梦见自己被雪和沙埋葬
醒来，已在千里之外
像羊群，卸在巴楚站台
在凌晨寒风中发抖

渴望麦盖提的一碗热汤面

下车，上车，乘大巴继续南行
发现头顶多了一群乌鸦
它们不被公文驱策
却被灰蒙蒙的天空监禁
饥饿的叫声，回应着初冬大地
无边无际的荒凉和孤寂

2016年

安 详

葡萄和石榴
在热风中成熟

忧虑，每天爬上
夕光中的电视塔尖

思绪的刘海乱了
有几缕遮盖愁颜

取经者，西天已备好
馕饼、苦泉和荒芜

沙化的日常，街头
突然的醉汉、疯婆

自由——苍狼的情欲
安详——昆仑的长眠

2017 年

亚 高 原

马眼睛中的汗血风景
化为乌孙山下紫苏波澜
沉下狂暴的冰块碎石

万物归于静谧、安详
如晨光中的喇嘛庙
一大早醒来的憨厚石人

亚高原，一个偶尔闯入的
异度空间；未离开却已思恋
祈祷着旅途的永不终结

天马是飞马，我即你和他
孤立的界碑，唯有风的逍遥
一再越过法外的边境

"星光下肉身的纠缠与雾化，
可谓一次芳香疗法，

一次远方的失魂落魄……”

——不必嘘叹,不要停息!
当我们在西部慢时间中
燃烧成昭苏的崖柏灰

2017年

喀拉峻歌谣

风景有陡峭的时辰
云杉有滚地的一刻

刈草人越走越远
草料垛越长越高

一百座毡房半空入定
一千只山鸦整日聒噪

中午宰羊,晚上炖肉
后半夜星空送来奶酒

达斯坦歌声聚远客
冬不拉琴弦系游魂

哀伤的,马头的方向
无辜的,绵羊的山冈

心爱的脸庞,为何
如今只能梦里相见

被遗忘祖先的影子
正加入白云的行列

她说下巴指的路
一天一夜就到了

手指指的路累死马儿
三天三夜走不到尽头

2017 年

在敬老院

我们送去糖果、柑橘、牛奶
也无法改写他们脸上的漠然
虚弱，意味着无力向世界微笑
每天与绝望无助的人在一起
美女院长看上去那么忧伤
“来点歌舞，他们还是喜欢的。”
她轻声对我和阿拉提·阿斯木说

一位坐轮椅的老婆婆
盯着窗外雪花，半天不动
身边的死亡消息，像飘忽而过的
雪花，都在她昏沉的意念之中
都在她一动不动的身体之外……

沿着泥泞不堪的小路
离开郊外这所简陋的敬老院

谁也不说一句话，心里分明感到：
自己已提前留在了那里

2018年

吐尔逊大哥

吐尔逊·乌斯曼大哥
将巴楚的马、伊犁的马
内蒙古的马，买回家
养得漂漂亮亮、硕硕壮壮
到巴扎上赚一个差价
八个子女就是这样养大的

夏天到叶尔羌河边放马
冬天则到收割后的棉花地
每卖掉一匹马，就流一次泪
随着年岁增大，他不再将马
卖给屠夫和脾气不好的人
只愿卖给当骑乘的人
经常送给买主马车和马鞍
现在，麦盖提的尘土飞扬中
到处是汽车、摩托、小三轮
很少见到有人使用马车了
不像九年前，他能找到

三十多辆马车,为最小的儿子
举办一场隆重而体面的婚礼
他心爱的马业,萧条了……

吐尔逊·乌斯曼大哥
带我们去逛星期天巴扎
吃五元一盘的杂烩菜拌面
路遇一块碎馕,他捡起来
扔到路边林带里,意思是说:
馕是不能踩的,但可以喂树

2018年

和阗混蛋

请吧,在一枚鸵鸟蛋里
加入鹅蛋、鸡蛋、鸭蛋
鸽子蛋、鹌鹑蛋、麻雀蛋
配以蜂蜜和玫瑰花酱
昏天黑地地搅拌、融合
一枚美味混蛋做成了

一枚混蛋的诞生,不亚于
和阗玉历经的沧海桑田
在玉龙喀什河和喀拉喀什河
玉石已分道扬镳
将世界分成一黑一白

据说现在是混蛋纪元
沙埋废墟与绿洲村庄
阿育王与法显、玄奘
尼雅与丹丹乌里克
伽蓝与麝香、地乳

纸壳核桃与石榴花
库尔班大叔与小毛驴……
在沙尘暴搅拌器里搅拌
在沙埋之地露出真容
诞生了——“瞿萨旦那！”
一枚前现代的和阗混蛋

……昆仑，在沙漠中行驶
沙漠，在一枚混蛋中航行
当和阗寓居于羊脂美玉
它浑然的显现，几乎是
对消失的一种渴望

2018年

大雪过后

大雪过后,河水变重了
水银般晦暗、颤动

白鹭,蜻蜓点水般掠过水面
静静落进枯萎的苇丛
被积雪压坏的老桑树上
一群麻雀争吵不休

九十岁的邻家娘娘
从雪地里扒拉出青菜
"一场大雪,
被你从新疆带来了。"

本家兄沈健说:
"一个胡人,
又被摁上了三点水。"

2018年

为白杨而作

绿洲的银柱，到冬天
更加挺拔、简约、尖锐
白茫茫大地进入木刻时光

积雪掩盖疯汉胡须般的麦茬
将光秃秃的树身变成
刺向天空的长矛和利剑

大地已停顿、沦陷
像一只深藏的墨水瓶
白杨有足够的墨水用来痛哭

寒风入骨，抖落的枯叶
它失去的浮华和言语
这赤身裸体的哑默之树
正从冬眠中警醒

风的起义，使它揭竿而起

风与风、树与树之间
一种无名而沉雄的力
在寻找生与死的裂隙……

越过整齐划一的白杨林带
是风暴的耕地和旷野
呼啸或呜咽,都是
大自然出示的绝对权威

2019年

此　刻

此刻,新疆在下雪
我在江南落英中
玉兰、梅花、茶花谢了
天气转暖,蛰虫出游
此刻,新疆在下雪
牛羊挤在棚圈里取暖
荒野上饥饿的狼在觅食
我在江南剥笋、吃咸肉
一杯绍兴加饭,敬给
远方兄弟姐妹的葡萄烈焰
当鼓声和热瓦甫响起
我听到大地胸腔里的歌:
“大麦呀,小麦呀,
由风来分开。
远亲呀,近邻呀,
由死来分开。”
此刻,新疆在下雪

我在江南油菜花田走过
像年幼的踉跄,追逐
飞舞的蜜蜂。我举起
一束燃烧的油菜花
接纳了新疆的雪花
——我爱雪花胜于爱鲜花
——我爱！寒冷的结晶
——我爱！从两种时间
爱一个天涯咫尺的世界
一个碎了又归于完整的世界

2020年

去龟兹路上

去龟兹路上,醉倒孔雀河边
三秋相思,要用唐朝丝束绑架

浪迹,一种无休止宿命
汉代成云烟,三十六国不够
踏破几双铁鞋,也不多

“到龟兹,学好吐火罗语,
不要和陌生女人调情哦,
要做一名克孜尔的修行者!”

梨花公主,沙海蒹葭
博斯腾湖,缱绻之蓝
正当香梨之花盛放枝头
天鹅从印度和南亚回来……

一介书生,来自楼兰
一脸沙尘,追询飞天

花雨缤纷,策马疾驰

怀抱一册沙漠残卷

2020年

火焰山

火的遗址
灰烬的瀑布
一把芭蕉扇可以西游了

火盆里的灼炭
煤炉内的红钉
为吴承恩的想象力煽风点火

飞鸟千里不敢来
也许垂死的凤凰
能在火中梦见自己的起源：
“当我念诵火之紧箍咒，
灰烬中的秘径却越藏越深……”
“火鼠，火焰的原住民，
还有蝾螈，吞下火，
又像冰一样将它熄灭。”

……赭红色的现实

风蚀的沟壑、断崖和蛮荒
好像被猪八戒的耙犁梳理过了

山的褶皱里，依然藏着
村子、葡萄园、洞窟
如火浣布垂落的衣袍上
缀饰的小小纽扣
解开，就是惊人的翡翠

一半出乎狂想
一半来自实证
我们能否将它称为
“火焰的遗产”？

2020年

西 域 佛

翻过昆仑
佛在和阗安了家

越过天山
人在戈壁丢了魂

诸相非相
众生即非众生

恒河沙数
也多不过塔里木

绢道普度
瀚海慈航

佛被流沙掩埋
又在沙中重生

佛在洞窟、泥塔
佛在颠沛、奔忙

两百年或三百年
一段重塑过的旅程

佛在路上，风尘仆仆
龟兹和敦煌还遥远

2020年

在麦盖提

音乐属于他们，所以他们存在
那些旷野摇滚，来自火的歌喉
哑了又好了的嗓子，一些疝气
是持久的申诉，也是生活的证词

我买了叶尔羌草鱼，用棉籽油
做了一大锅南方风味的红烧鱼块
习惯喝奶茶、啃羊骨的人
遇到鱼刺，格外小心翼翼
他们看我的眼神，他们的语调
也是礼貌、羞涩，小心翼翼的

音乐在持续，所以他们存在
而我，一个偶尔的闯入者
陷入一种主体的飘忽感
如同冻在田里的硬邦邦白菜
进入不了主妇们的厨房
如同雪地里寒鸦的足迹

很快将被另一场大雪覆盖

刀郎的村庄热爱旷野摇滚
音乐是渔猎后代的每日食粮
我没有音乐,没有舞蹈
只有词、意象和锈蚀的身体
他们有白杨树下简朴的
红柳篱笆、黄泥小屋
我只是他们老地毯上
飘过的一点浮尘

2020 年

哈巴河

大团大团的云
很沉很重,像高车轮子
滚动在去哈巴河的路上
也滚动在去哈萨克斯坦、俄罗斯的路上

秋天是一曲多彩的魔幻乐章
这幅超现实主义油画
只属于天空
而天空,正在鹰的翅膀上滑翔、降临

白桦,欧洲荚蒾,西伯利亚花楸
仍在那里,扎根中运动
像我可以倾诉的久违亲人

此刻,我不想说近或远,故土或异乡
只想在漫长劳顿的旅途中
在仿佛的世界尽头

找到逝者行囊中的

一克黄金泥巴

2020年

秋　日

似乎夏日的悲催已经过去了
还不如额尔齐斯河一条哲罗鲑
拥有几秒钟的流水记忆

阿勒泰的风是干爽的
深山里的雪豹是优雅的
不像独狼
闯进羊群乱咬一气
绵羊和山羊
得以保全“无辜”一词

一个声音温柔地说：
“高兴是活，不高兴也是活，
所以还是高兴一点吧。
秋深了，黄金在树上起舞了……”

我，曾在久远的时代死过一次
现在，又慢慢活了过来

弯下身去——

用一把枯草、几片白桦落叶

杀死自己的记忆

2020年

羊头和摩天轮

羊头和摩天轮早已淡忘
冰川融化,融入边地天空
可以声称,远方并不存在

静卧于冰与火的床榻
激情的困境和难度在于
很少能够转化为亲情和恩情
场合ABC,如男子ABC
只是存在的陪衬形式而已
不可否认是善的一种派送

如今你是高妙的编织能手
丝、棉、麻,材料十分充足
只是,中年的修辞越发缠绕
减法,一再被加法和乘法取代
编织的头绪已难于厘清
似是而非,既是语言风格
也如万物朦胧的显现

摩天轮变成了风滚草
滚向干旱而荒寂的旷野
我的记忆里依然保留
孜然和洋葱的浓烈味道
并对多年前分食的一个羊头
怀着深深的歉疚和忏悔

2021年

玉米之上的玉米

玉米之上的玉米——
我指的是新疆，一个秋日午后
天山天池下的一个村庄
喝过伊力特，吃过大盘鸡
三个外省男人离开人群
躺在铺满一地的玉米上
天空的蓝、耀眼的光，使人晕眩
三个外省男人，肉身在消失
渐渐变成三个玉米棒
躺着，就是漂移——
甚至漂移得比域外更远
比穆天子的马车走得更远
因为西王母崇拜，从中原直到里海……
他有俄语中的黄金时代和白银时代
他有昆仑深处的一座白山
而我，微醺，两手空空
曾经的热爱、澎湃，也会变成

法显、玄奘于大海道遇见的枯骨标识……

十年过后，似乎我已死去活来

似乎拆卸了自己的上半生和下半生

却依然记得天山脚下

秋日午后的一片炫目金色

以及，三根仰天燃烧着的玉米棒

（——赠汪剑钊、卢一萍）

2021年

他回来了

二十年过后，他回来了
唉，这么多年，我几乎没有想起过他
说起来，多少有些内疚
因为算不上挚友，交情也是淡淡的
但昨晚梦里，他出现了，那么清晰：
蓬乱的胡子，麻原札幌式的小眼睛
朗读鲁米诗歌时的陶醉表情
还有他身上的莫合烟和大蒜气味
和活着时、真人时一模一样
这么多年，他究竟到哪里去了？
在天山深处漫游，吃肉喝酒
与阿肯们彻夜弹琴、高歌
与哈萨克族、蒙古族称兄道弟
一次酒后，骑马驰骋，不慎坠崖而死
在死了之后，他藏到哪里去了
但他确确实实回来了
至少在我梦里回来了一次

还对我说:“西天山的野苹果真香,
好像我爱过的伊犁姑娘身上散发出来的。”

2021年

恰木克鲁克

雪地里，几只乌鸦来回踱步
更多的乌鸦聚在光秃的白杨枝头
开着枯燥而冗长的会议
玉米棒，大白菜，几个树墩
躺在雪里，冻得硬邦邦的
仿佛要为更多琐碎的贫乏开战
村庄，它无名的剪影
被寒风勾勒的缩头缩脑轮廓线
老地毯中的跳蚤养肥了
恰木克鲁克，人的血是热的
但休耕的大地，连同牲畜
葡萄架，红柳篱笆墙
看上去都失去了表情
因为荒野过于荒凉
沙漠如同进入长眠
绿洲甘于游离、单调和寂寞
煤烟，混合着柴烟

升起一缕缕呛人的焦灼

我忽然一阵剧烈咳嗽

再次感知到远方这个冬日午后：

一种入骨的苍凉和忧伤

2022年

硫磺沟

从时间传记中
显现的硫磺之书
添加一些露天煤的
残渣和笔迹
芨芨草呼吸着单调和决绝
沟与壑,字、词、句的
表情,跌宕并固化
恐龙的炼狱之火熄灭了
雪,纷纷扬扬落下来
冷漠在耀眼地堆积——
那是美的,肃穆的,残酷的……
而洪荒,终于拥有了
一个遗世独立的圣地

2022年

内陆河

水往我身上流——
流走了尼雅河、叶尔羌河
和田河、阿克苏河
塔里木河……

但我深陷尘土之中
爱着蜃楼里的绿洲亲戚
盛夏的大马士革小刺玫瑰
尘土把我带到巴扎的喧腾
和麻扎的死寂

干旱如炭烤般的大盆地
敲一敲,发出白铁皮声响
招来沙尘暴和木乃伊
再敲一敲,招来
《山海经》《大唐西域记》

……我在尘土中打盹儿

转瞬，已白发苍苍
而我的心，像一枚滚烫的
和田鹅蛋，在炭灰里静卧
或者，酝酿着跳跃

水往我身上流——
冲刷内陆的
尘埃、浮土和流沙
冲刷掉几座胡杨墓地
冲刷掉我在异乡建设的故乡……

泥泞不堪的水
犹犹豫豫，快要流不动了

2022年

旷野，或移景

移情入景的逆向时刻：
旷野，一个狂写的破折号
走着孤旅者和省略号的羊群
一地乱石，渐渐移入个人构图
如你可以挑选的基石
借此，于异乡建设漂移的居所
而屋顶，一再漏下
沙尘、雨滴、雪花、星光
以及四季过剩的阳光……
心的一角，红嘴鸦昼夜鸣叫
召来野兽的独步，长成你的灵魂
旱地植物幽暗而稀少的血
成就你静默的时日
祈祷的言辞

2022 年

察布查尔庭院

河之北，伊宁平安
我的朋友们平安
六星街的天空，有点蓝
汉人街的空旷，只剩下一个地名

河之南，晚露莅临
夕光，落在薰衣草田
车厘子和六月红苹果
闪烁在察布查尔平原

大河，分离并弥合两岸
“一江春水向西流”
带走好日子和坏日子
带走“大西洋最后一滴眼泪”

我和相申、亚楠坐在阿苏庭院
还有几位热情的锡伯族兄弟

我们吃大饼、花花菜、爆炒羊杂
痛饮格鲁吉亚红酒

可以互辩、确认——
我们各在各位，微醺着
如坐在往昔边地绿荫
情谊和命运里

“我与远方的相见，
只需一次飞行。
我与自我的隔离，
却包含着数不胜数的他人……”

夜，很快就深了
当阿苏的摇滚萨满歌响起
今夜，就再度变成
微微发蓝的一个整体——

“嚯咧！嚯里扬格！
浑塔里浑塔里嚯里扬格！
烛火摇曳，香烟升腾，
把符纸点燃起来吧，
把人类丢失的灵魂召回啊！

把神矛挥舞起来吧，
再把伊木钦鼓敲响吧，
把兽类野蛮的魂魄赶走啊！”

2023年

伊犁庭院

一群鸽子在蓝光里飞——

这是夏日，伊宁，一个傍晚
音乐，把昼与夜都无限拉长了
仿佛鸽子，能够一直
在庭院和白杨树梢的蓝光里
蹁跹，盘旋，永不停息

赛努拜尔唱伊犁民歌《牡丹罕》
又为我们唱十二木卡姆的《朱拉》
——朱拉不是别的
正是伊宁此刻的“光”

她和歌手周艺合唱《百灵鸟》
侄儿激越的手鼓参与进来
鸽哨和天空低垂的蓝光
也参与进来了

昨天她病了，嗓子哑得无法出声
南疆来的几位维吾尔族农民
得到她的拥抱
哭着，又风尘仆仆回去了

“音乐教会我们爱，
爱大地，爱人生，
爱自己，爱他人……”

她质朴的歌声和笑容
在此刻伊宁傍晚的蓝光里
而在更多无光的昼夜
我们对遥远、美
和一片土地的哑默
一无所知

2023年

克拉玛依庭院

白杨幼小、喧哗
玉米棒坚挺、倔强
被戈壁的干热烤熟了

马齿苋，满院子疯爬
动手凉拌一盘
能够治愈又一次思乡病

——异乡之故乡
舍与殇，像申广志的戈壁玉
适宜珍藏于内心的地窖

我和万军、阿依努尔
从克拉玛依以北而来
带着喀纳斯的风
乌尔禾的尘

“福海的海，魔鬼城的魔，

只是一场人间虚构，
不如老友庭院，恰如其分。”

“依旧是满口脏话、骂骂咧咧，
诗，却越写越干净了……”
这大概是中年必要的
风格和张力吧，如同——

黑油，流尽了
额尔齐斯的清澈
就奔涌而来——

伊力王，也是今夜准噶尔王
在戈壁之城
至少可以统领兄弟姐妹们
来一场酩酊大醉

夜深了，朱凤鸣要去掐些岩葱
为我们炒一枚鸸鹋蛋

她提回来一篮子明晃晃的星……

2023年

乌鲁木齐庭院

雪在下——
在你庭院:开—闭—开
在我脑海:冰里冰外

鹰,从雅玛里克飞过去了
身穿黑褐色毛衣
从一块冰迁徙到另一块冰
有时停下来,坐在天空
吃一块冻肉……

铁与火的冰
羊圈与栅栏的冰
日常与元素的冰
足以冻结人类不绝的泪水

雪花的总和:
燕儿窝的一个雪球
冰的总和:

博格达游移的冰山

三峰并起的悬浮宫殿……

我在这个冬晨思念你——

三千汉字的游牧者

大漠和大湖的狂涛

还有北山坡几株野苹果树

我在这个冬晨辨认远方——

冰的城，冰的沉浮

天涯咫尺的

哀伤，瀚海和巨轮……

（——赠周涛）

2023年

乌尔禾，一个梦

戈壁连着沙漠
死去的梭梭指点我
世界已到尽头

隐约,有婴儿啼哭
像羔羊叫声
来自地下……

我挖——
用手:两把生锈的镐
借来一台磕头机
要挖出荒原深埋的
呜咽和哭泣

却挖出一些死文字
故城与雅丹之书
白杨河的翼龙碎骨
风一吹,就散了

在风城油田作业区公寓
半夜，醒来——
心脏有一种
石榴欲裂的疼……

2023年

玛依塔柯，泥火山

锥状小丘，凹陷盆穴
由火山最后的呼吸塑造

微弱的，一呼，一吸
窒息的泥浆，沼气爆破音
微微爆破，仿佛需要一次
远客的临终关怀

福州来的年微漾摸了一下
泥浆，冰凉如死者之唇

山峦，像从地下迁来
寸草不生，但色彩斑斓
死火山再低矮
也是你热爱的海拔之一

从零公里到零公里
标榜丝路骑士的人

送来紫葡萄了吗?
“诗和远方”的播音腔
喧腾够了吗?

在玛依塔柯,你只需
一座泥火山:一只独眼
用来采集旷远和荒凉
眨一眨眼
空,就落进了空……

2023年

丝绸之路

聚沙成塔
塔尖有楼兰之光

一截白桑木中
一只蚕在吐丝

无数的蚕
吐成一条丝路

粟特邮差,风尘仆仆
传递二十四种资讯

葱岭饮冰雪
喀什吃瓜馕

穿过蜃楼,遇见
通天连地沙尘暴

九死一生

视生如死

抱住死去的胡杨

痛哭,或造塔

2024年

万物归于一粒沙

主客之间,存在与非存在之间
沙漠僧侣有一种内视的浩瀚
内化了的蜃楼、沙埋废墟
冥想中微睁开眼,万物归于
一粒沙——涌动的沙、无数的沙……
看和凝视,就是到万物中去
到空寂、荒芜和落日余晖中去
用沙粒的散点目光透视自己
为“本我”注入恍兮惚兮的物象
旅人和驼队,走着走着变成了骷髅
绿洲居民视骷髅为神秘主义亲戚
沙漠僧侣则将它认作新生的苦思之子

2024年

赋　予

早年闯入的亚洲腹地
——我的新大陆
草原长调不会结束
旷野摇滚声嘶力竭
绿洲赋予沙漠
一个真实的边界
瓜果赋予秋天
一种浑圆的低语
修辞赋予天鹅
冰湖里的梁祝之死
再赋予木乃伊
魔幻之眼——干涸的悲伤……
我更关注那些消失的：
楼兰、尼雅、丹丹乌里克
能够有效点燃沮丧的想象力
死去的青年，你的另一个
流落沙暴过后的海市蜃楼
保持着三十多年前的模样

“我希望我就是他看到的我，
一片坚忍的废墟。”

2024年

注：引文出自德里克·沃尔科特诗作《仲夏》。

大地的光和疼

光,打在地上
大地的疼
只有大地知道

大地的疼
阴影和褶皱知道
草坡、裸山和牛羊知道
被埋葬的时间也知道

光的箭镞、锋刃和长鞭
大地的疼有了忍耐
忍耐吞咽着疼
一点点加以吸收

大地翻了个身
继续它的白日梦境
瞬息,陷入
无边的孤寂史和沉默史

史诗般的大地——

延展、漂移，并拥有

自我救赎的光和力！

2024年

我的两个“故乡”(代后记)

1988年10月,我在上海登上西行列车——四天三夜的绿皮火车,硬座,81小时后到达乌鲁木齐。从那时起,到2018年秋天离开新疆、重返故乡,我在新疆生活、工作30年整。

几天前,在新落成的浙江文学馆内,我看到鲁迅先生的一句话,用来描述那个时代的“逃离者”——“走异路,逃异乡,去寻求别样的人们。”鲁迅可谓典型的“故乡逃离者”,1919年12月最后一次回绍兴,离开后,直到1936年去世,再也没有回过故乡。我在想,鲁迅的逃离,是决绝者的硬骨头对思乡病的逃离,是“一个也不放过”对无原则宽容的逃离,是“匕首”和“投枪”对隐喻、寓言和叙述的逃离,是16本杂文对3部小说的“逃离”……青年时代的我,同样是“故乡逃离者”,应该属于鲁迅说的“寻求别样”者之一。但时间到了当代,“逃离”的内因和外因与鲁迅时代已然不同了。

当然,我还是一位“归来者”。文学中的“归来者”概念是艾青提出的。1980年,他把自己的一部诗集取名为《归来的歌》,指的是因“文革”而中断了的写作又重新开始了,这在当时可泛指一大批诗人、作家。在今天,文学界特别是诗歌界,也有许多优秀的“归来者”。他们在20世纪八九十年代开始写作,业已成名,后来经商、从政等。人到中年,事业稳定了,又重新回归文学、回归诗歌。相对于上述“时间上的归来者”,我则是一名“空间上的归来者”。后者相对于前者而言，最大的特征是常对远方、对离开之地牵肠挂肚、魂牵梦绕，常常感到自己是“不在场的在场者”和“在场的不在场者”。这样的“归来者”，彷徨于“故乡”与“异乡”之间，彷徨于“无地方”，总是悲欣交集的。

时代在变，人的内心也在变。现在的年轻人大多向往北上广、向往大城市，20世纪80年代的文学青年向往边疆，有“边地情结”，这在当时是一种风潮，也是一种“亚文化”，时代的理想主义氛围使然。这也是我23岁远行新疆的最大外因，也深深影响着个人的动因。去新疆，去西藏，去内蒙古，去青海，去云南、贵州……当时都是大有人在的。这些去向远方的人被称为“盲流”——“盲目流动的人”。20世纪80年代后几年，和我差不多时间到新疆的浙江朋友就有好几个。有的留下来了，有的待一两年、两三年就离开了，为什么？因为身体接受不了“异乡”。譬如有一位朋友，受不了牛羊肉的味道。还有一位，习惯了米饭、稀饭的胃不接受面食，一吃馕啊拌面啊就肚子疼。还有不习惯新疆的干旱、漫长的冬季等原因，逃离故乡的人只好再次逃离异乡。

由此可见，一个人要接受远方、异乡，首先必须是身体的接受，然后才有了精神的接受、心灵的热爱，才能去爱那里的土地、人民、文化，才有可能在异乡建设故乡，成为我所说的“他乡的本土主义者”。而我，一到新疆身体就很接受那里的饮食、气候等，没有“排异反应”，文化、习俗上也感觉不到太大的隔阂，有一种天生的对新疆地域文化的好奇和热爱。当记者的12年，担任《西部》文学杂志主编的8年，以及主持新疆作协工作的两年多时间，我交往的少数民族作家是很多的。有一次，维吾尔族诗人们举行一个研讨会，我不在现场，大家谈着谈着，忽然开始谈论我刚译成维吾尔文的一组诗，是我的东乡族朋友艾布翻译的。他们认为我的诗中有“边疆思维”多元文化思维，与新疆大地十分默契、融洽，一点都不违和。这是我在新疆30年获得的一个很高评价。

常遇到一些新认识的朋友，特别是记者朋友，对我的新疆生涯很感兴趣，通常会问：你的老家浙江湖州，丝绸之府，鱼米之乡，文章锦绣之邦，这么好的地方，你怎么舍得离开而去偏远的新疆呢？是不是对“诗和远方”的向往啊？老实说，下半个问题令人不适，甚至有点厌烦。于是，我首先告诉他（她）：请不要在我面前说“诗和远方”，以免我全身起鸡皮疙瘩！远方没有诗，只有同样生活着、思考着的人，同样喜怒哀乐、生生死死的人。也许被我们忽略的当下、身边，恰恰藏着一句可以疗愈自己的“诗”……

至于上半个问题——“舍江南去边疆”，有些人是出于无知，有些人则有严重的偏见，甚至是“地域歧视”。他们只看到新疆表面上的荒凉，却看不到骨子里的灿烂。新疆是陆上丝绸之路的核心区，是季羡林说的四大文明体系在地球上的唯一融汇区（华夏文明体系、印度文明体系、波斯-阿拉伯文明体系、希腊-罗马文明体系），而且被考古所证实。地质学家还说，凡是地球上具备的地貌新疆全部具备。新疆有江南地貌，伊犁被誉为“塞外江南”；新疆还有类似月球、外星球的地貌……所以，我曾说，新疆是“以天山为书脊打开的一册经典”，南疆、北疆是它的页码，沙漠、戈壁、绿洲、河流、湖泊、草原、群山都是它的文字——它拥有一个“启示录式的背景”。

当然，我更愿意如此回答朋友们的善意问题：作为一个江南人、水乡人，我感到自己身上的水分太多了，需要去新疆沙漠把多余的水分蒸发掉一些。至于归来呢，30年时间的蒸发已经差不多了，再蒸发下去就有变成木乃伊的可能——人的身体和精神，都需要一种“水土平衡”。还有一点，故乡、语言、死亡都是我们随身携带的。现在我回到了南方，却感到自己还随身携带着一个“远方”，常常为那片土地牵肠挂肚、辗转难眠。30年像梦一样过去了。人生如梦，西域似幻，它已经内化了，化作我灵魂的一部分。

在浙江师范大学求学时，我写了4年的小说，同时开始写诗。1988年到新疆后，彻底转向诗歌，只写过两三篇小说，其间也写了不少散文。所以，我对自己近40年写作生涯的评价是：一个未完成的小说家，一个持续的诗人，一个额外的散文作家。新疆30年，我出版了《在瞬间逗留》《我的尘土 我的坦途》《沈苇诗选》《新疆诗章》《博格达信札》等10部诗集，《新疆词典》《正午的诗神》《沈苇散文自选集》等多部散文随笔集，还有文化研究专著、编著、旅行手册、舞台艺术剧本等，大部分与新疆有关。我感到单一化地表达新疆是远远不够的，必须立体地呈现新疆。写作体裁和内容的多样化，正可以对应新疆的丰盛、多元。

1999年，我在乌鲁木齐写过一首短诗《两个故乡》。许多读者以为是我2018年重返故乡之后写的，但的确是30多岁时的作品。现在回头去看，诗歌的确具有某种神奇的先见性和预言功能：

当我出生时，故乡是一座坟墓
阳光和田野合伙要把我埋葬
于是我用哭声抗议
于是我成长，背井离乡，浪迹天涯
我见过沙漠、雪峰，女人和羔羊
现在我老了，头白了

我回来了——又回到故乡——
——流水中突然静止的摇篮

1999年我还没老，头也没白，却说“我老了，头白了”，现在读来自己都有点吃惊。更重要的一点，如果故乡是一位青年的“坟墓”，它也能成为一位归来的中年的“摇篮”。很小的时候，全国备战备荒，农村也繁忙。我在老家运河边看大人们挖防空洞，掉进河里差点淹死。被发现后，大人们将一口铁锅反扣在地，把我放在上面挤出肚子里的水，加上人工呼吸，救活了。潜意识里，我对水有一种恐惧感，“你逃离家乡/逃离一滴水的跟随/却被一粒沙占有……”(《沙》，2013年)。这个“占有”长达30年。回到故乡后，我居住在杭州运河边，又回到水边了。对水的恐惧造成早年的远行，也召唤中年的归来。爱与恐惧，我们的开始，我们的停顿，我们的再出发，我们的新开始……我耳畔仿佛响起里尔克《杜伊诺哀歌》开篇中的句子：“因为美只是恐惧的开始……”

在新疆生活期间，我引用最多的一句话是里尔克的“只有在第二故乡才能检验自己灵魂的强度和载力”。如今，约瑟夫·布罗茨基的表述深得我心：“诗人总归是要回来的，肉体或创作。我宁愿相信二者都会归来。”

新疆和浙江，我人生地理的两极，我的“两个故乡”，一东一西，相距遥远，但主体的迁徙、游移，并不能改变文学面对的基本主题：关于爱、存在、时间、痛苦、死亡等。地域变迁在文学中的反应、发生，还面临一个“去地域化”的问题，最终关乎世界与人性，抵达人之为人的基本命题。

“新疆归来，重新发现江南。”这是我作为一位归来者的新的自我提醒和自我要求。离开、远行，然后重返、归来，意味着我的写作从“新疆时期”进入了“江南时期”。重返故乡5年多，是我写作的一个高峰期。我写了献给第一故乡和大江南(广义江南)的诗集《诗江南》；作为一种诗学探索，写了“以诗论诗”的诗集《论诗》，已完成两部；在江南回望丝路和西域，出版了随笔集《丝路：行走的植物》(也是大学通识课讲稿)，入选央视读书精选2023年度“十大好书”。

最近，我又完成了历时4年多的有关浙江四条“诗路”(浙东唐诗之路、钱塘江诗路、大运河诗路和瓯江山水诗路)的新诗集《水上书》；应新疆人民出版社之约，选编了35年新疆题材诗选《沈苇自选集·沙之书》(1989～2024年)。有意思的是，《水上书》和《沙之书》形成了呼应和对照，就像“两个故乡”终于在我内心的天平上取得相对平衡一样。

江南和新疆，如果概括为两个元素，那就是“水”与“沙”。水之倒影中有我的起源、方言、残桥、拆迁后不复存在的村庄……从“物是人非”到“人非物非”；沙之微粒中有我的青春、狂想、沙埋故城、海市蜃楼……从“盲流”到“在异乡建设故乡”。

沙——空旷，简约，抽象，日落时分变得身体般柔和的大漠，“生而不倒一千年，倒而不死一千年，死而不朽一千年”的胡杨；水——逝者如斯，百川归海，升腾，再出发，化作草木葳蕤、纷繁具象。“水和沙”在我体外漫漶、汹涌、跌宕，延展为雄浑壮丽的图景、交响，“水和沙”在我体内争吵、纠葛、角力，然后拥抱、和解，有点相亲相爱的样子了。

因此，在文学和诗学意义上，江南和新疆——我的“两个故乡”，是同一个地方，或者说是同一事物的两个侧面。我体内、体外的“水和沙”，则有了一种交互并置的“共时性”。

2024年3月11日　杭州拱墅